張小嫻

AMY CHEUNG

愛情王國

张小娴

AMY CHEUNG

三個
A CUP
的女人。

女人與
胸罩同在

做為第三者，
我要比任何女人更相信愛情，
如果世上沒有愛情，
我不過是一個
破壞別人家庭幸福的壞女人。

我時常想寫一個關於胸罩的故事，主角是一個胸罩，由它親自敘述這百多年來的滄桑歷史。中國女人從前用肚兜，胸罩是西方產物，十九世紀時，富有人家的小女孩用帆布、鯨魚骨、鋼線和蕾絲製造胸衣。這種胸衣將女人的身材變成沙漏型，長期穿著胸衣的女人，內臟會受到破壞。一八八九年，巴黎一名胸衣製造商愛米・卡多（Hermine Cadolle）女士發明了世上第一個胸罩──一種束縛胸部而不需同時束縛橫隔膜的衣物。

那時的胸罩，雖然不用束縛住腹部，但仍然是一件「龐然大物」。一九一三年，紐約名媛克芮絲・可斯比（Caresse Crosby）叫女傭將兩條手帕縫在一起，再用粉紅色的絲帶做成肩帶，變成輕巧的胸罩。內衣製造商華納公司用一千五百美元向她買下專利權，大量生產，成為現今胸罩的雛形。一九三五年，華納公司發明罩杯，由A罩杯至D罩杯，A最小，D最大。一九六〇年，是胸罩的文化大革命，婦解分子焚燒胸罩。到九〇年代，時裝設計師讓女人把胸罩穿在外面，胸衣的潮流又回來，做隆胸手術的人數在各項整容手術中排行第二。女人與胸罩同在。

如果說這段胸罩的歷史有點像中國歷史，未免把中國貶成一個胸罩，但胸罩的確也像中國，經歷一場文化大革命，終於又強起來。

我的第一個胸罩不是我自己的，是我母親的。一天，母親跟我說：「周蕊，你該戴胸罩了。」因為提不起勇氣自己去買胸罩，所以我偷偷拿了母親的胸罩戴在身上，那個胸罩是肉色的，兩個罩杯之間縫上一朵紅花。我自己擁有的第一個胸罩是向流動小販購買的，他是一個男人，用手推車推著胸罩在鬧市擺賣，數十個胸罩堆成一個個小山丘，場面很壯觀。

我現在是一個內衣零售集團位於中環總店的經理，這間店專門代理高級的法國和義大利名牌內衣。這段日子所遭遇的故事告訴我，女人的愛情和內衣原來是分不開的。

我工作的總店位於中環心臟地帶一個商場的二樓，這裡高級時裝店林立，租金昂貴。店面占地七百呎，有兩個試衣間。我有兩個店員，二十六歲的安娜和三十八歲的珍妮。安娜是個十分勤勞的女孩，缺點是多病，經痛尤其厲害，臉色長年蒼白。珍妮是兩子之母，是公關能手，跟客人的關係很好，體健如牛，跟安娜配合得天衣無縫。安娜和珍妮還有一個好處，安娜只有九十磅，珍妮有一百五十多磅，她們的體型絕對不會引起任何一位進來的客人的自卑。

高級胸罩有一個哲學，就是越少布料越貴。布料少代表性感，性感而不低俗是一種藝術。一個女人，能夠令男人覺得她性感，而不覺得她低俗，便是成功。聰明女人懂得在性感方面投資，因此我們的貨品雖然貴，卻不愁沒有顧客。

我們主要的顧客是一批高收入的職業女性，那些有錢太太反而不捨得花錢，我見過一個有錢太太，她脫下來的那個胸罩，已經穿得發黃，連鋼圈都走了出來。女人嫁了，便很容易以為一切已成定局，不再注意內衣。內衣生意最大的敵人，不是經濟不景氣，而是婚姻。刺激內衣生意的，則是婚外情。

這天，差不多關店的時候，徐玉來找我，店外經過的男人紛紛向她行注目禮。她是意態撩人的三十六A。

「周蕊，你有沒有鉛筆？」徐玉問我。

「原子筆行不行？」我把原子筆遞給她。

「不行，要鉛筆。」徐玉說。

我在抽屜裡找到一支鉛筆，問她：「你要寫什麼？」

「我剛拍完一輯泳衣照，導演告訴我，拿一支鉛筆放在乳房下面，如果乳房低過鉛筆，便屬於下垂。」

我認識徐玉不知不覺已有三年，那時我在設計部工作，徐玉來應徵內衣試穿模特兒。她的身材出眾，身高五呎五吋，尺碼是三十六、二十四、三十六，皮膚白皙，雙腿修長，穿起各款內衣十分好看，我立即錄取了她。自此之後，我們時常「貼身」接觸，成為無所不談的朋友。我曾經精心設計了幾款胸罩，向我那位法國籍上司毛遂自薦，希望他把我的作品推薦給總公司，他拒絕了。徐玉知道這件事，邀約我的法國籍上司吃飯，向他大灌迷湯，極力推薦我的作品，他終於答應把作品送去總公司。這件事我是後來才知道的。可惜，總公司那方面一直石沉大海。

「怎麼樣？你的乳房算不算下垂？」我問她。

「幸虧沒有下垂，仍然很堅挺。」她滿意地說。

「大胸不是一件好事。」我嚇唬她：「重量太大，會比別的女人垂得快。」

「我認為導致女人乳房下垂的，不是重量，也不是地心引力。」徐玉說。

「那是什麼？」我問她。

「是男人那雙手。」徐玉咭咭地笑：「他們那雙手，就不能輕一點。」

「我想買一個新的胸罩。」徐玉咬著鉛筆說。

「你上星期不是剛買了一個新的嗎？」我問她。

「不要提了，前幾天曬胸罩時不小心掉到樓下的雨棚上，今天看到一隻大鳥拿來做巢。」

「那可能是全世界最昂貴的鳥巢。」我笑著說。

「那隻大鳥也許想不到在香港可以享受到一個法國出品的蕾絲鳥巢。」徐玉苦笑。

已經過了營業時間十分鐘，我吩咐珍妮和安娜先下班。

「你要一個什麼款式的？」我問徐玉。

「要一個令男人心跳加速的。」她挺起胸膛說。

「索性要一個令他心臟病發的吧！」我在架上拿了一個用白色彈性人造纖維和蕾絲製成

的四分之三杯胸罩給她。四分之三杯能夠將四分之一乳房露出來，比全杯胸罩性感。我手上這款胸罩最特別的地方是兩個罩杯之間有一隻彩色的米老鼠，性感之中帶純情。

「很可愛。」徐玉拿著胸罩走入試衣間。

我把大門鎖上。

「穿好了，你進來看看，好像放不下。」徐玉從試衣間探頭出來。

「怎麼樣？」我看看徐玉。

她沮喪地對著鏡子。

「我好像胖了，剛才穿泳衣時已經發覺。」

她穿上這個胸罩，胸部完美無瑕，兩個罩杯之間的米老鼠好像要窒息，我真埋怨我母親只賜我以三十四A而不是三十六A。

「彎腰。」我說。

她彎腰，我替她將兩邊乳房盡量撥去前面。

「應該是這樣穿的。誰說放不下？剛好放得下。」

「你常常這樣幫忙別人的嗎？」她問我。

「這是我的職業。」

「幸虧你不是同性戀。」

「同性戀者未必喜歡你這種身材呢，太誇張。」

「我就要這一個，員工價啊！」

「知道了。」

「糟糕！」她突然尖叫，「我忘了買雜誌。」

「哪一本雜誌？」

「《國家地理雜誌》。」

「你看這本雜誌的嗎？」

「是宇無過看的，糟了，書局都關門了。他寫小說有用的。」

宇無過是徐玉現在的男朋友，他在一間報館任職副刊編輯，同時是一位尚未成名的科幻小說作家。宇無過是他的筆名，他的真名好像也有一個宇字，可是我忘了。

徐玉喜歡在人前稱他宇無過，她很崇拜他，她喜歡驕傲地說出「宇無過」這三個字，她深信「宇無過」這三個字，在不久的將來便會響噹噹。我覺得宇無過這個筆名真是太妙了，乳無過，就是乳房沒有錯。

「陪我去買雜誌。」徐玉著急地說。

「這麼晚，到哪裡找？」

「到哪裡可以買得到？」徐玉反過來問我。

「這個時候，中環的書局和書攤都關門了。」

「出去看看。」徐玉拉著我，「或許找到一間未關門的。」

「我要負責關店，你先去。新世界大廈橫巷有一個書報攤，你去看看，或許還有人。」

徐玉穿著三吋高跟鞋飛奔出去。

二十分鐘後，我到書報攤跟她會合，她懊惱地坐在石級上。

「收攤了。」她指著書攤上的木箱。

所有雜誌都鎖在兩個大木箱裡。

「明天再買吧。」

「雜誌今天出版，我答應過今天晚上帶回去給他的。」

「他又不會宰了你。」

徐玉突然抬頭望著我，向我使了一個眼色。

「你猜木箱裡會不會有那本雜誌？」

「你想偷？」我嚇了一跳。

「不是偷。」她開始蹲下來研究木箱上那一把簡陋的鎖。

「我拿了雜誌，把錢放在箱裡，是跟他買呀！」徐玉把皮包裡的東西倒出來，找到一把指甲刀，嘗試用指甲刀撬開木箱上的鎖。

「不要！」我阻止她。

「噓！」她示意我蹲下來替她把風。

我的心跳得很厲害，我不想因為偷竊一本《國家地理雜誌》而被關進牢裡。

徐玉花了很長時間，弄得滿頭大汗，還是無法把鎖解開。

「讓我試試。」我看不過眼。

「你們幹什麼？」一個穿著大廈管理員制服的男人在石級上向我們叱喝。

徐玉連忙收拾地上的東西，拉著我拚命逃跑，我們一直跑到皇后像廣場，看到沒有人追上來才夠膽停下來。

「你為了他，竟然甘心做賊，你還有什麼不肯為他做？」我喘著氣罵她。

徐玉望著天空說：「我什麼都可以為他做。我可以為他死。」

我大笑。

「你笑什麼？」

「很久沒有聽過這種話了，實在很感動。」我認真地說。

「你也可以為你的男人死吧？」

「可是我不知道他願不願意為我死。」

「我有一種感覺，宇無過是我最後一個男人。」

「你每次都有這種感覺。」

「這一次跟以前不同的。我和宇無過在一起兩年了，這是我最長的一段感情。我很仰慕他，他教了我很多東西。他好像是一個外星人，突然闖進我的世界，使我知道愛情和生命原來可以這樣的。」

「外星人？又是科幻小說的必然情節。你相信有外星人嗎？」

「我不知道。宇無過是一個想像力很豐富的人，跟這種男人在一起很有趣。」

「談情說愛誰不需要一點想像力？買不到《國家地理雜誌》，你今天回去怎樣向他交代？」

「幸好我今天買了胸罩。」

「胸罩可以代替《國家地理雜誌》嗎？」

「當然不可以。」徐玉說。

「那就是呀。」

「不過——」她把剛才買的胸罩從皮包裡拿出來，擺出一副媚態，「今天晚上，只要我穿上這個胸罩，肯定可以迷死他，使他暫時忘了雜誌的事。」

我見過宇無過幾次，他長得挺英俊，身材瘦削，愛穿襯衫、牛仔褲、白襪和運動鞋。我對於超過三十歲，又不是職業運動員，卻時常穿著白襪和運動鞋的男人有點抗拒，他們像是拒絕長大的一群。宇無過的身形雖然並不高大，但在徐玉心中，他擁有一個很魁梧的背影。宇無過說話的時候，徐玉總是耐心傾聽。宇無過在她面前，是相當驕傲的。因此使我知道，一個男人的驕傲，來自女人對他的崇拜。

徐玉和宇無過相識一個月之後便共賦同居，徐玉搬進宇無過在西環一幢舊樓內的一個小房子。別以為寫科幻小說的人都是科學迷或電腦迷之類，宇無過既不是科學迷，對電腦也一竅不通，他真正是閉門造車。

我不是宇無過的讀者，我不怎麼喜歡看科幻小說。宇無過出版過一本書，銷路不太好，徐玉埋怨是那間出版社規模太小，宣傳做得不好，印刷又差勁。

「去看電影好不好？」徐玉問我。

「這個星期上映的三級片我們都看過了。還有好看的嗎？」

「還有一部沒有看。」

看三級電影是我和徐玉的餘興節目之一，自從去年年初看過一部三級電影之後，我們經常結伴去看三級電影。三級電影是最成功的喜劇，任何喜劇都比不上它。那些健碩的男人和身材惹火的女人總是無緣無故地脫光衣服，又無緣無故地上床。我和徐玉常常在偌大的戲院裡捧腹大笑。

兩個女人一起去看三級電影，無可避免會引起其他入場觀眾的奇異目光，但這正是我們看電影的樂趣之一。男人帶著負擔入場，希望那部三級電影能提供官能刺激，可是女人看這種電影，心情不過像進入遊樂場內的鬼屋，尋求刺激而已。

場內的觀眾加起來不超過二十人。我和徐玉把雙腳擱在前排座位上，一邊吃爆米花一邊品評男主角和女主角的身材。

「這個男人的胸肌真厲害。」徐玉說。

我依偎著徐玉，默默無言。

「又跟他吵架了？」徐玉問我。

「他不會跟我吵架的。」我說。

從戲院出來，我跟徐玉分手，回到中環我獨居的家裡。我的家在蘭桂坊附近一幢六層高沒有電梯的大廈裡。我住在二樓，房子是租來的，面積有六百呎。一樓的房子最近開了一間專賣蛋糕的店，老闆娘姓郭，是一位五十歲左右的印尼華僑，樣子很精緻，身材略胖。她在印尼出生和長大，嫁來香港，說得一口流利的廣東話。她做的蛋糕跟本地做的蛋糕不同，她選用奶油做蛋糕。

「奶油蛋糕是最好吃的。」她自豪地說。

她做的蛋糕顏色很漂亮，我就見過一個湖水藍色的蛋糕，那是我見過最漂亮的蛋糕。

她的蛋糕店不做宣傳，門市也少，主要是接受訂單，但口碑好，一直客似雲來。店裡只有一個助手，每一個蛋糕，都是郭小姐親手烤的。每天早上起來，我幾乎都可以嗅到一陣陣蛋糕的香味，這是我住在這裡的bonus。

蛋糕店每晚八時關門，今天晚上我回來，卻看到郭小姐在店裡。

「郭小姐，還沒有關門嗎？」

「我等客人來拿蛋糕。」她客氣地說。

「這麼晚，還有人要蛋糕？」

這時候，一個中年男人出現，走進蛋糕店。

郭小姐把蛋糕交給那個男人，跟他一起離去。

那個人是她丈夫嗎？應該不是丈夫，她剛才不是說客人的嗎？她會不會拿做蛋糕作藉口，瞞著丈夫去走私呢？那個中年男人樣子長得不錯。郭小姐雖然已屆中年，但胸部很豐滿，我猜她的尺碼是三十六B（這是我的職業本能）。

我跑上三樓，脫掉外衣和褲子，開了水龍頭，把胸罩脫下來，放在洗手盆裡洗。我沒有一回家便洗內衣的習慣，但這天晚上天氣燠熱，又跟徐玉在中環跑了幾千米，回家第一件事便想立即脫下胸罩把它洗乾淨。這個淡粉紅色的胸罩是我最喜歡的一個胸罩。我有很多胸罩，但我最愛穿這一個。這是一個記憶型胸罩，只要穿慣了，它習慣了某一個形狀，即使經過多次洗滌，依然不會變形。我不知道這個意念是不是來自汽車，有幾款名廠汽車都有座位記憶系統，駕駛者只要坐在司機位上，按一個掣，座位便會自動調節到他上次坐的位置。我認為記憶型胸罩實用得多。但記憶系統不是我偏愛這個胸罩的主要原因，我第一次跟阿森袒裎相見，便是穿這一款胸罩，他稱讚我的胸罩很漂亮。穿上這個胸罩，令我覺得自己是一個女人。

阿森今天晚上大概不會找我了。

清晨被樓下蛋糕店烤蛋糕的香味喚醒之前，我沒有好好睡過。今天的天色灰濛濛的，一直下著毛毛細雨，昨天晚上洗好的胸罩仍然沒有乾透，我穿了一個白色的胸罩和一襲白色的裙子，這種天氣，本來就不該穿白色，可是，我在衣櫃裡只能找到這條裙子，其他的衣服都是縐的。

經過一樓，習慣跟郭小姐說聲「早安」，她神情愉快，完全不受天氣影響，也許是昨天晚上過得很好吧。

走出大廈，森在等我。他穿著深藍色的西裝，白襯衫的衣領敞開了，領帶放在口袋裡，他昨天晚上當值。

「你為什麼會在這裡？」我故意不緊張他。

「我想來看看你。能不能和我一起吃早餐？」

「你不累嗎？」

「我習慣了。」

看到他熬了一個通宵的憔悴樣子，我不忍心拒絕。

「家裡有麵包。」我說。

我和森一起回家，然後打電話告訴珍妮我今天要遲到。

我放下皮包，穿上圍裙，在廚房弄火腿三明治。

森走進廚房，抱著我的腰。

「你知道我昨天晚上去了哪裡嗎？」我問森，我是故意刁難他。

森把臉貼著我的頭髮。

「你從來不知道我每天晚上去了哪裡。」我哽咽。

「我信任你。」森說。

「如果我昨天晚上死了，你要今天早上才知道。如果我昨天晚上跟另一個男人一起，你也不會知道。」

「你會嗎？」

「我希望我會。」我說。

如果不那麼執迷的只愛一個男人，我也許會快樂一點。愛是一個負擔。唐文森是一間大銀行的外匯部主管，我們一起四年。認識他的時候，我不知道他已經結婚。他比我年長十年，當時我想，他不可能還沒有結婚，可是，我依然跟他約會。

在他替我慶祝二十五歲生日的那天晚上，我終於開口問他：「你結了婚沒有？」

他凝望著我，神情痛苦。

我知道他是屬於另一個女人的。

做為第三者，我要比任何女人更相信愛情，如果世上沒有愛情，我不過是一個破壞別人家庭幸福的壞女人。

森吃完三明治，躺在沙發上。

「累不累？」我問他。

他點頭。

「昨晚匯市波動很大。」

我讓他把頭擱在我大腿上，替他按摩太陽穴。他捉著我的手，問我：「你不恨我嗎？」

我沉默不語。我從來沒有恨他。每個星期，他只可以陪我一至兩次，星期天從來不陪我。以前我跟家人一起住，我和森每個星期去酒店。這種日子過了兩年，一天，我問他：

「我們租一間屋好不好？我不想在酒店裡相好，這種方式使我覺得自己像一個壞女人。」

森和我一起找了現在這個房子，他替我付租金。我覺得我和他終於有了一個家，雖然這個家看來並不實在，但我的確細心佈置這個家，盼望他回來。

森曾經說過要離開我，他問我：

「一個女人有多少個二十五歲？」

我說：「任何歲數都只有一個。」

他不想我浪費青春，也許是他不打算跟我結婚。可是，他離開之後又回來。

我們幾乎每隔一個月便大吵一頓，我不能忍受他跟我上床後穿好衣服回家去。想到他睡在另一個女人身邊，我便發瘋。前天我們又吵架，因為我要他留下來陪我過夜，我知道那是不可能的事，但我無法阻止自己這樣要求他。

「好一點沒有？」我問森。

森點頭。

「男人為什麼要愛兩個女人？」我問他。

「可能他們怕死吧。」森說。

我揉他的耳朵。

「你的耳珠這麼大，你才不會早死吧。我一定死得比你早。」

「快點上班吧，你可是經理啊。」

「這種天氣真叫人提不起勁上班。」我賴在沙發上。

森把我從沙發上拉起來。

「我送你上班。」

「你要是疼我，應該由得我。」我撒野。

「這不是疼你的方法。」他拉著我出門。

「我知道終有一天我要自力更生，因為你不知道什麼時候會離開我。」

「我不會離開你。」森握著我的手說。

這是他常常對我說的一句話，但我總是不相信他，我以為我們早晚會分開。

今天的生意很差，這種天氣，大部分人都提不起興趣逛街。我讓安娜和珍妮一起去吃午飯。一位二十來歲的女士走進店裡，看她的打扮，像是在附近上班的，她曲線玲瓏，應該穿三十四C。

她挑選了一個黑色蕾絲胸罩和一個束腰。

「是不是三十四C？」我問她。

她驚訝地點頭：「你怎麼知道？」

「職業本能。」我笑著說。

她走進試衣間好一段時間。

「行嗎？」我問她。

「我不會穿這個束腰。」

「我來幫你。」

我走進試衣間，發現這個女人竟然有四個乳房。

除了正常的兩個乳房之外，她身上還有兩個乳房，就在正常的乳房之下。這兩個多出來的乳房微微隆起，體積十分細小，如果必須要戴胸罩的話，只能穿二十九A。

我的確嚇了一跳，但為免令人難堪，只得裝作若無其事，替她扣好束腰。

「你扣的時候要深呼吸，而且先在前面扣好，才翻到後面。」

替她穿束腰的時候，我的手不小心碰到她的小乳房，那個乳房很柔軟。

「是不是很奇怪？」她主動問我。

「啊？」我不好意思說是。

「是天生的。醫生說身體的進化程序出了問題。」

「哦。」

「動物有很多個乳房，一般人進化到只剩下一對乳房，而我就是沒有完全進化。」

「麻煩嗎？」我尷尷尬尬地問她。

「習慣了就不太麻煩，我先生也不介意。」

我沒想到她已經結婚，我還以為四個乳房會是她跟男人交往的障礙。也許我的想法錯了，四個乳房，對男人來說，是雙重享受。想要兩個乳房，而得到四個，就當是bonus吧。

「壞處倒是有的，」她說，「譬如患乳癌的機會便比別人多出一倍。」

我以為她會為擁有四個乳房感到自卑，沒想到她好像引以為榮，很樂於跟我談她的乳房。

「幸而經期來的時候，這兩個乳房不會脹痛。」她用手按著兩個在進化過程中出了問題的乳房。

男人如果擁有一個四個乳房的太太，還會去找情婦嗎？男人多愛一個女人，是不是為了四個乳房？

下班前，我接到森的電話，我告訴他我今天看到一個有四個乳房的女人。

「真有這種怪事？」

「你喜歡四個乳房的女人嗎？」我問森。

「聽來不錯。」

「你是不是想要四個乳房所以多愛一個女人？」

「我自己也有兩個乳房，和你加起來就有四個，不用再多找兩個乳房。」他說。

「你那兩個怎算是乳房？只能說是乳暈。」我笑。

「你今天不是要上課嗎？」

「我現在就去。」

我報名了一個時裝設計課程，每週上一課。

上課地點在尖沙咀。導師是位三十來歲的男人，名字叫陳定梁。他是時裝設計師，在本港某大時裝集團任職，我在報章上看過他的訪問，他大概很喜歡教書，所以願意抽出時間。人說賣花姑娘插竹葉，陳定梁也是這類人，穿得很低調，深藍色襯衫配石磨藍牛仔褲和一對帆船鞋。

他把自己的出生日期寫在板上，他竟然和我同月同日生。

「我是天蠍座，神秘、性感、多情，代表死亡。到了這一天，別忘了給我送生日禮物。」陳定粱說。

我還是頭一次認識一個跟我同月同日生的男人，感覺很奇妙。

下課後，我到百貨公司的麵包部買麵包，經過玩具部，一幅拼圖深深地吸引我。那是一幅風景，一間餐廳坐落在法國一個小鎮上。餐廳是一幢兩層高的建築物，外型古舊，牆壁有些地方剝落，屋頂有一個煙囪，餐廳外面有一張檯，一對貌似店主夫婦的男女悠閒地坐在那兒喝紅酒。我和森常常提到這個故事。森喜歡喝紅酒，喜歡吃，我跟他說，希望有一天，他能放下工作，放下那份壓得人透不過氣的工作壓力，我們一起開一間餐廳，他負責賣酒和下廚，我負責招呼客人，寂寞的客人晚上可以來喝酒、聊天。每當我說起這個夢想，森總是笑著點頭。我知道這可能只是一個夢想，永遠不會實現。但憧憬那些遙遠的、美好的、只有我們兩個人的日子，能令我快樂些。

我沒有想到今天我竟然看到了跟我們夢想裡一模一樣的一間餐廳，只是地點不同。我付錢買下了這幅拼圖。

這時一個男人匆匆走過，腋下夾著一條法國麵包，原來是陳定粱。

「你也喜歡拼圖？」他停下來問我。

「我是頭一次買。」

「你是不是天蠍座的？你的氣質很像。」他說。

「是嗎？也許是的，我的工作很性感，我賣內衣的。」

「為什麼會選這幅拼圖？」他用法國麵包指指我的拼圖。

「這間餐廳很美。」我說。

「我到過這間餐廳。」陳定梁說。

「是嗎？這間餐廳在哪裡？」我很想知道。

「在法國雪堡。」

「雪堡？」

「那是一個很美麗的地方，有一部法國電影叫做『雪堡雨傘』，香港好像譯作『秋水伊人』，就是在雪堡拍攝的，你沒有聽過〈I will wait for you〉嗎？是『雪堡雨傘』的主題曲。」

陳定梁拿著長條法國麵包在櫃檯上敲打拍子。

「你這麼年輕，應該沒有看過這部電影。」他說。

「你好像很懷念。」我說。

「懷舊是中年危機之一嘛。」

「圖中的一雙男女是不是店主夫婦？」

陳定粱仔細看看圖中的一雙男女。
「我不知道。我到雪堡是十年前的事。這幅拼圖有多少塊？」
「兩千塊。」
「有人又有景，難度很高啊！」
「正好消磨時間。」我指指他夾在腋下的法國麵包，「這是你的晚餐？」
陳定粱點頭，他像拿著一根指揮棒。
我跟陳定粱在玩具部分手，走到麵包部，也買了一條法國長條麵包。
走出百貨公司，正下著滂沱大雨，一條法國長條麵包突然把我攔腰截住。
「你要過海嗎？」陳定粱問我。
我點頭。
「我載你一程吧！這種天氣很難截到計程車。」
「能找到〈I will wait for you〉這首歌嗎？」我問他。
「這麼老的歌，不知道能不能找到，我試試看吧，有很多人翻唱過。」
「謝謝你。『秋水伊人』是一個怎樣的故事？」
「大概是說一對年輕愛侶，有緣無分，不能在一起，許多年後，兩個人在加油站相遇，已經各自成家立室，生兒育女。」

陳定粱把車駛進加油站。

「對不起，我剛好要加油。」

「你的記憶力真好，這麼舊的電影還記得。」

「看的時候很感動，所以直到現在還記得。」

「能找到錄影帶嗎？」

「這麼舊的電影，沒有人有興趣推出錄影帶的。好的東西應該留在回憶裡，如果再看一次，心境不同了，也許就不喜歡了。」

「有些東西是永恆的。」

陳定粱一笑：「譬如有緣無分？」

「是的。」

我掛念森。

陳定粱送我到大廈門口。

「再見。」我跟他說。

我回到家裡，立即騰空飯桌，把整盒拼圖倒出來，把一塊一塊的拼圖分別放在幾個小紙盒裡，顏色相近的放在一起，迫不及待開始將我和森夢想中的餐廳再次組合，這幅拼圖正好送給他做生日禮物。

拼圖不是我想像中那麼容易，我花了一個通宵，只拼出一條邊。早上，當森的電話把我吵醒時，我伏在飯桌上睡著了。

「我發現我們所說的那間餐廳。」我跟森說。

「在哪裡？」森問我。

「就在我面前，是一幅拼圖，你要不要看？」

「我陪你吃午飯。」

我心情愉快回到內衣店，徐玉打電話來約我吃午飯。

「我今天不行。」

「約了唐文森？」

「嗯。宇無過呢，他不是下午才上班的嗎？」

「他忙著寫小說，他已經寫了一半，想儘快完成，交給報館連載。我怕留在家裡會騷擾他寫稿。告訴你一件怪事。」

「什麼事？」

「我最近胸罩常常不見。」

「又給大鳥拿來做巢？」我大笑。

「我用衣夾夾著的，大鳥不可能啣走吧？我懷疑有人偷走我的胸罩。」

「除非那人是變態的。」

「有這個可能。」

「那你要小心啊！嘿嘿。」我嚇唬她。

午飯時間，我回到家裡，繼續我的拼圖，森買了外賣來跟我一起吃。

「是不是跟我們的餐廳一模一樣？」我問森。

森點頭：「幾乎是一樣，竟然真的有這間餐廳。」

「你看過一部法國電影，叫做『秋水伊人』嗎？」

森搖頭。

「你有沒有聽過一首歌叫〈I will wait for you〉？」

「好像有些印象。」

森拿起拼圖塊拼圖。

「你不要弄我的拼圖。」

「我最高紀錄是每星期完成一幅拼圖，不過兩千塊的，我倒是沒有拼過。」

「你有拼圖嗎？你從來沒有告訴我。」我坐在森的大腿上。

「那時讀大學，比較空閒。我總共拼了幾十幅。」

「那些拼圖呢？送一幅給我。」

「全都不知丟到哪裡去了。你要拼這幅圖嗎？」
「嗯。」
「你有這種耐性？」他用充滿懷疑的眼光看著我。
「我有的是時間，我大部分時間都在等你。」
「你知道拼圖有什麼秘訣嗎？」
「什麼秘訣？」
森笑說：「盡量買些簡單的，這一幅太複雜了。」
「我一定可以完成這幅拼圖的，你走著瞧吧。」
「好香啊！樓下又烤蛋糕了。」森深呼吸一下。
「你想吃吧？我去買。」我起來。
「不。我要上班了。我先送你回去。」
我用手掃掃森的頭髮：「你多了很多白頭髮。」
「要應付你嘛。」
「別賴我，你的工作太辛苦了，不能減輕工作嗎？」
「再過幾年，想做也沒有人請呢。」
「胡說。」

「做外匯的人，四十歲已經算老。」

「你還未到四十歲。」我突然覺得他像個孩子。

森送我回內衣店，我們在路上手牽著手，他突然甩開我的手說：「你自己回去吧，我再找你。」然後匆匆往相反方向走了。這已經不是第一次，他突然丟下我，必定是碰到熟悉的人。我看著迎面而來的人，會不會其中一個是他太太？

我茫茫然走在街上，做為第三者，這是我的下場。

我在進入內衣店之前抹乾眼淚，徐玉正跟珍妮和安娜聊天。

「你回來了？我正在跟她們討論如何對付偷胸罩的變態客。」徐玉說。

「你打算怎樣對付這個胸罩賊？」安娜問徐玉。

「哼，如果給我抓到他——」

「用麻包袋套住他的頭，痛打他一頓，然後將他閹割，遊街示眾，五馬分屍。」我說。

「用不著這麼嚴重吧？又不是殺人放火。」徐玉驚訝地望著我。

我只是想發洩一下我的憤怒。電話響起，我知道是他。

「我剛才看見她的妹妹。」

「是嗎？她沒有看見你吧？」我冷冷地說。

他沉默了一會。

「我現在要工作。」我掛了線。
「今天晚上我們一起去抓變態客！」我跟徐玉說。
「今天晚上？」
「你不是說他愛在晚上出沒的嗎？」
「但不知道他今天晚上會不會來，而且宇無過今天晚上不在家。」
「這些事情不用男人幫忙。況且只敢偷內衣的男人，也不會有殺傷力。」
下班之後，我和徐玉買了外賣到她家裡。
「你準備了魚餌沒有？」我問徐玉。
「魚餌？」
「胸罩呀！要找一個比較誘惑的。」
「有一個。」
徐玉走進睡房，在抽屜裡拿出一個紅色蕾絲胸罩，十分俗豔。
「你用紅色胸罩？」我吃了一驚。
「是很久以前湊興買的，只穿過一次。」她尷尬地說：「他喜歡偷有顏色的胸罩，黑色、紫色、彩色的都偷了，只有白色的不偷。這個紅色他一定喜歡。」
「是的，這個顏色很變態。」我說。

徐玉把紅色胸罩掛在陽台上。

我們把屋裡的燈關掉，坐在可以看到陽台的位置。徐玉的家在二樓，我們猜測胸罩竊賊可能是附近的住客，沿水管爬上二樓簷篷來偷竊。

我坐在摺凳上，問徐玉：「這裡有沒有攻擊性武器？」

「拖把算不算？」

她跑入廚房拿出一個濕漉漉的拖把來：「還沒有弄乾。」

「不要用這個，用掃帚吧。」

「我的拖把就是掃帚。」

「你用拖把掃地？不可思議！」

「有了！」徐玉說，「用宇無過的皮帶！」

她從沙發上拿起一條男裝皮帶揮舞。

「皮帶？我怕他喜歡呢！」

「那怎麼辦？」

「有沒有球拍之類？」

「有羽毛球拍。」

「可以。」

我和徐玉從晚上十時開始守候，直至十二時，陽台外依然沒有任何風吹草動。

「他會不會不來？」徐玉說。

這時電話突然響起來，把我們嚇了一跳。

徐玉接電話。

「是宇無過。」

我托著頭坐在摺凳上，如果森在這裡就好了，我有點害怕。

陽台外出現一個人影。

「他來了，快點掛電話。」我小聲跟徐玉說。

那人攀上陽台，伸手去偷徐玉的紅色胸罩，我立刻衝出陽台，手忙腳亂拿起摺凳扔他。摺凳沒有扔中他，徐玉拿起球拍扔他，那人慌忙逃走，徐玉又隨手拿起一大堆雜物扔他，那個人慌張起來，跌了一跤，整個人掉到一樓的雨棚上，再滾到地上。

我們跑到樓下，那個變態客被幾個男人捉住，手上還拿著胸罩。出乎我意料之外，他的樣子並不猥瑣，三十多歲，皮膚白皙，梳阿兵哥頭。

有人報警，警察來了，我和徐玉到警署錄口供，那個偷胸罩的男人垂頭喪氣地坐在一角。

我有點後悔，我沒想到這件事會弄到三更半夜，而且如果這個男人剛才掉到地上一命嗚呼，我和徐玉便變成殺人兇手，雖然可以說是自衛殺人，但一個人，畢竟不值得為一個胸罩喪命。

「這個胸罩是誰的？」當值的男警問我和徐玉。
「是我的。」徐玉尷尬地回答。
「這個胸罩要留作呈堂證供。」
「呈堂證供？」我和徐玉面面相覷。
「這是證物，證實他偷胸罩。」警員指指那個變態客。
「我不控告他了。」徐玉說。
「不控告他？」警員反問徐玉。
「是的，我現在可以拿走這個胸罩了吧？」
那個變態客感動得痛哭起來。
我和徐玉一同離開警署，她把那個紅色的胸罩丟到垃圾桶裡。
「糟了！那疊原稿紙！」徐玉的臉發青。
「我剛才是不是用原稿紙擲那個變態客？」徐玉問我。
「我看不清楚，好像有幾張原稿紙。」
「你為什麼不制止我？那是宇無過寫好的稿！」徐玉哭喪著臉。
「你肯定？」
「那些原稿紙有沒有字？」徐玉緊緊握著我的手。

「我沒有留意，也許是空白的。」
「對，也許是空白的。」她舒了一口氣。
我回到家裡已是凌晨二時，那個胸罩竊賊會痛改前非嗎？我想大概不會，戀物狂也是一種執著，如果不可以再偷胸罩，他會失去生活的意義。
我坐在飯桌前拼圖，直至凌晨四時，剛好完成了四條邊。就在這個時候，徐玉來找我，她手上拿著一疊骯髒的原稿紙，哭得死去活來。
「那些稿紙不是空白的，是他寫了一半的小說，答應了明天交給報館。」徐玉說。
「你們吵架了？」
「我回到家裡，宇無過鐵青著臉等我，他很憤怒，他說：『我怕你出事，從報館趕回來，卻在大廈門口發現我自己寫的小說。這些原稿滿地都是，有些掉在水溝邊，有些掉在雨棚上，跟橙皮果層剩菜黏在一起，還有，大部分原稿都不見了。』我說是我一時錯手拿來擲那個變態客，他不肯聽我解釋。他花了很長時間寫這個小說。都是我不好。」
「那你為什麼會走出來？他趕你走？」
「他沒有趕我走，他要走，我不想他走，唯有自己走。他從來沒試過向我發這麼大脾氣，我怕他會離開我。」
「不會的。」我安慰她。

「我這一次是很認真的。」徐玉哽咽。

「我知道，所以你處於下風。」

「我今天晚上可以留下來嗎？」

「當然可以，你和我一起睡。」我跟徐玉說，「你手上拿著些什麼？」

「我在街上拾到的原稿，你有沒有原稿紙？我想替他抄一遍。」

「我家裡怎會有原稿紙？」

「你去睡吧，不用理我。」

我坐在搖椅上說：「我明天不用上班。」

「你在拼圖？」她站在我的拼圖前面。

「不知什麼時候才可以拼好。這是我和森的餐廳，我常常擔心，當我拼好的時候，我們已經分手了。」

「你想嫁給他吧？」

「那是不可能的事，結過一次婚的男人不會結第二次婚。不可能犯同一個錯誤兩次吧？」

「你有多少青春可以這樣虛度？」徐玉問我。

「哦，沒有太多。我只是不會後悔而已。」

我把睡衣借給徐玉。

「我們還是頭一次睡在一起。」我跟徐玉說，「其實應該說，在這張床上，是頭一次，我不是自己一個人睡到天亮。」

「宇無過一定還在寫稿。」徐玉把傳呼機放在床邊。

第二天早上醒來，已經不見了徐玉。

飯桌上有一張字條，是徐玉留下給我的。

「我惦念著宇無過，我回去了。」

我早就猜到她是無膽匪類，不敢離家出走。

電話響起，我以為是徐玉，原來是森。

「你昨天晚上去了哪裡？」他問我。

「你找過我嗎？我昨天晚上抓到一個胸罩竊賊。」

「有人偷你的胸罩？」

「不，是徐玉得到垂青。」

「你沒事吧？」

「如果你在那裡就好了。」

「到底發生什麼事？」

「沒事，他被拉上警察局了，只是在那一刻，我很想你在我身邊。」

「我今天晚上陪你吃飯。」

從早上等到晚上，真是漫長，我的生活一直是等待，等森找我，等他跟我見面。

我們在中環一間法國餐廳吃飯，這間餐廳很有法國小餐廳的特色。

「你為什麼會來這間餐廳？」我問森。

「有同事介紹的。怎麼樣？」

「當然比不上我們那一間。」我笑說。

「答應我，以後別再去捉賊，無論什麼賊也不要捉。」森說。

「你能夠一直保護我嗎？」

「我永遠不會離開你。」他說。

「可惜，我不能一直留在你身邊。」我說。

他有點驚愕：「為什麼？」

「你不是說一個女人的青春有限嗎？我會一直留在你身邊，直到我三十歲。」

「為什麼是三十歲？」

「因為三十歲前是一個女人最美好的歲月。三十歲後，我要為自己打算。」我說。

雪堡的天空

他毀了盟約，我毀了他的禮物。
毀滅一件東西比創造一件東西
實在容易得多。

「我有一件東西送給你。」這天晚上森臨走時告訴我。
「是什麼東西？」
「我今天經過一間精品店看到的。」他從褲袋裡掏出一個絨盒，裡面有一條K金項鍊，鍊墜是一顆水晶球，水晶球裡有一隻蠍子。
「送給天蠍座的你最適合。」
他為我掛上項鍊。
「蠍子是很孤獨的。」我說。
「有我你就不再孤獨。」他抱著我說。
「我捨不得讓你走。」我抱緊他，可是我知道他不能不回家。
「今年你的生日，你會陪我嗎？」我問他。
他點頭，我滿意地讓他離開。
這天晚上上課，陳定梁患了重感冒，不斷流眼淚。
「你找到那首歌嗎？」我問他。
「找不到。」他說。

我有點失望。

「你的項鍊很漂亮。」他說。

「謝謝你。」

「是蠍子嗎？」

「是的。」我轉身想走。

「我只能找到歌詞。」他從背包裡拿出一張紙。

「不過歌詞是法文的。」陳定梁說。

「我不懂法文。」

「我懂，我可以翻譯給你聽。」

「謝謝你。」

他咳了幾下：「可不可以先找個地方坐下來，我想喝一杯很熱很熱的檸檬蜜糖。」

「我約了朋友在餐廳等，一起去好嗎？」我約了徐玉下課後來找我。

他想了一想：「也好。」

在餐廳裡，他要了一杯檸檬蜜糖，我熱切地期待他為我讀歌詞，他卻拿出手帕施施然抹眼淚和鼻水。

「怎麼樣？」我追問他。

「是重感冒，已經好幾天了。」

他很快便知道自己會錯意：「這首歌對你真的很重要？」

我微笑不語。

「好吧！」他呷了一口檸檬蜜糖，「聽著，歌詞大意是這樣：

我會永遠等你，

這幾天以來，當你不在的日子，

我迷失了自己。

當我再一次聽到這首歌，

我已不能再欺騙自己，

我們的愛情，難道只是幻象？」

「就只有這麼多？」

「還有一句，」他流著淚跟我說，「我會永遠等你。」

徐玉站在陳定粱後面，嚇得不敢坐下來。

「我給你介紹，陳定粱，是我的導師；徐玉，是模特兒。他在讀歌詞給我聽。」

「我還以為你們在談情。」徐玉說。

「你怎會有歌詞？」我問陳定粱。

「不知道是有人抄下來給我，還是我抄下來想送給一個人，是很久以前的事了。給妳。」
「這好像不是你的字跡。」我說。
「那是別人寫給我的了。」他癱在椅上。
「那個人還在等你嗎？」我笑著問他。
陳定粱用手帕擤鼻涕：「都十幾年了，應該嫁人了吧？有誰會永遠等一個人？」
「有些女人可以一直等一個男人。」我說。
「女人可以，但男人不可以。」
「男人為什麼不可以？」
「因為男人是男人。」陳定粱冷笑搖頭。
我對於他那副自以為是的樣子很不服氣：「你不可以，不代表所有男人都不可以。」
「有一個男人等你嗎？」他反問我。
「這跟我們現在討論的題目沒有關係。」
「你試過等一個男人嗎？」
「這又有什麼關係？」
「你等一個男人的時候，會不會和另外一些男人上床？」
「這樣就不算是等待了。」徐玉插口。

「但男人不可能一直等下去而不跟其他女人上床。」陳定粱又拿出手帕擤鼻涕。

「你不能代表所有男人。」我說。

「對。但我是男人，所以比你更有代表性，我並沒有代表女人說話。」

「男人真的可以一邊等一個女人，一邊跟其他女人發生關係嗎？」徐玉問陳定粱。

「甚至結婚也可以，這兩件事本身是沒有衝突的。」

「沒有衝突？」我冷笑。

「當然沒有衝突，所以男人可以愛兩個女人。」

我一時語塞，或許陳定粱說得對，他是男人，他比我了解男人，因此可以解釋森為什麼跟一個女人一起生活，而又愛著另一個女人，原來男人覺得這兩者之間並無衝突。

「如果像你這樣說，就沒有男人會永遠等待一個女人了。」徐玉說。

「那又不是。」陳定粱用手帕抹眼淚。

「有男人會永遠等待一個女人。」陳定粱說。

「是嗎？」我奇怪他為何忽然推翻自己的偉論。

「因為他找不到別的女人。」他氣定神閒地說。

「如果所有男人都像你，這個世界上就不會有蕩氣迴腸的愛情故事。」徐玉說。

「你相信有蕩氣迴腸的愛情故事嗎？」陳定粱問徐玉。

徐玉點頭。

「所以你是女人。」陳定粱失笑。

徐玉還想跟他爭論。

「我肚子餓了，吃東西好嗎？」我說。

「我想吃肉醬義大利粉。」徐玉說。

「你呢？」我問陳定粱。

「我不妨礙你們嗎？」

我搖頭。

「我要一杯檸檬蜜糖。」他說。

「你要吃什麼？」

「不吃了。」

陳定粱喝過第二杯檸檬蜜糖之後，在椅上睡著了。也許由於鼻塞的緣故，他的鼻孔陸陸續續發出一些微弱的鼻鼾聲，嘴巴微微張開，身體向徐玉那邊傾斜。

「要不要叫醒他？」徐玉問我。

「不要，他好像病得很厲害，讓他睡一會吧。你和宇無過是不是和好如初了？」

「我離開的那個晚上，他一直沒有睡過。」

「那些小說稿怎麼辦？」

「他重新寫一遍。」徐玉從皮包裡拿出一本書，「這是宇無過的新書。」

「這麼快？」

「這是上一輯連載小說的結集。」徐玉說。

「又是這間出版社？你不是說這間出版社不好的嗎？」我翻看宇無過的書，封面毫不吸引，印刷也很粗劣。

「沒辦法，那些大出版社只會找大作家，不會發掘有潛質的新人，這是他們的損失。不過，只要作品好，一定會有人欣賞的。」徐玉充滿信心。

「好的，我回去看看。」

「這個故事很吸引人的，我看了幾次。」

我和徐玉談了差不多一個小時，陳定粱仍然睡得很甜，鼻鼾聲越來越大，我真害怕他會窒息。

我用力拍拍他的肩膀，他微微張開眼睛。

「你睡醒了沒有？」我問他。

「噢，對不起。」他醒來，掏出皮包準備付帳。

「我已經付了。」我說。

「謝謝你。我送你回家。」
「徐玉住在西環，可以順道送她一程嗎？」
「當然可以。」
「你家裡不會有女人等你吧？」徐玉故意諷刺他。
「女人的報復心真強！」陳定粱搖頭。
陳定粱駕著他的吉普車送我們過海。他看到我手上的書。
「宇無過？我看過他的書。」
「真的嗎？」徐玉興奮地問他。
「寫得不錯。」
「宇無過是徐玉的男朋友。」我說。
「是嗎？這本書可以借給我看嗎？」陳定粱問我。
「可以，讓你先看吧！」我跟陳定粱說。
「你為什麼會看宇無過的書？」徐玉問陳定粱。
陳定粱駕車直駛西環。
「你不是應該先在中環放下我嗎？」我說。
「噢！我忘了。」

「不要緊，先送徐玉回去吧。」

「你問我為什麼會看宇無過的書？」陳定粱跟徐玉說，「最初是被宇無過這個名字吸引的。」

我笑。

「你笑什麼？」陳定粱問我。

「宇無過這個名字你知道是什麼意思嗎？」

「周蕊！」徐玉用手指戳了我一下。

「是宇宙沒有錯。」徐玉說。

「乳罩沒有錯？」陳定粱失笑。

徐玉氣結：「宇無過第一個小說是寫人類侵略弱小的星球，宇宙沒有錯，錯的是人類，所以那時他用了這個筆名。」

「相信我，這個筆名很好，會走紅的。」我笑著說。

「這個我知道。」徐玉得意洋洋。

「不過這個封面的設計很差勁。」陳定粱說。

「我也知道，沒辦法啦。他們根本付不起錢找人設計。」徐玉說。

「下一本書我替你設計。」陳定粱說。

「真的？」徐玉興奮得抓著陳定梁的胳膊。
「他收費很貴的。」我說。
「放心，是免費的。」陳定梁說。
「你真好，我剛才誤會了你。」徐玉說。
陳定梁先送徐玉回家，再送我回家。我回到家裡，立即接到徐玉的電話。
「陳定梁是不是喜歡你？」徐玉問我。
「你覺得他喜歡我嗎？」
「他故意走錯路，等到最後才送你，很明顯是想跟你單獨相處吧？我今天晚上才認識他，他竟然願意為宇無過免費設計封面，不可能是為了我吧？」
「我也是第二次跟他見面。」
「那可能是一見鍾情，你有麻煩了！」
「他跟我是同月同日出生的。」
「真的？」
「我也吃了一驚。」
「時裝設計師會不會很風流？」
「陳定梁好像對女人很有經驗。」我說。

「你不要拒絕他。」徐玉忠告我。

「為什麼？」

「你要是拒絕他，他便會拒絕替宇無過設計封面，你不喜歡也可以敷衍他，求求你。」

「豈有此理，你只為自己著想。」

「其實我也為你好。」徐玉申辯，「你以為你還很年輕嗎？女人始終要結婚。」

「你怎麼知道陳定粱不是有婦之夫？我不會犯同一個錯誤兩次。」

電話掛了線，我把陳定粱給我的歌詞壓在拼圖下面。我說過三十歲會離開森，這個跟我同月同日出生的陳定粱在這個時候出現，難道只是巧合？到目前為止，他並不討厭，憑女人的直覺，我知道他也不討厭我。女人總是希望被男人喜歡，尤其是質素好的男人。我把項鍊脫下來，在燈光下搖晃，水晶球裡的蠍子是我，水晶球是森，在這世上，不會有一個男人像他這樣保護我，一個已經足夠。

這個時候電話響起，我拿起電話，對方掛了線，這種不出聲的電話，我近來多次接到。

數天之後的一個上午，我接到一個電話。

「喂，是誰？」

「我是唐文森太太。」一把女聲說。

我呆住。

「那些不出聲的電話全是我打來的，」她說，「你跟唐文森來往了多久？」
「唐太太，我不明白你在說什麼。」我唯有否認。
「你不會不明白的。我和唐文森拍拖十年，結婚七年。這四年來，他變了很多，我知道他天天在跟我說謊。你和他是怎樣認識的？」
「我可以保留一點隱私嗎？」
「哼！隱私？」她冷笑，「我相信你們還不至於敢做越軌的事吧？」
她真會自欺欺人。
「他愛你嗎？」她問我。
「這個我不能代他回答。」我說。
「他已經不愛我了。」她說得很冷靜。
她那樣平靜和坦白，我反而覺得內疚。
「你可以答應我，不要將今天的事告訴他嗎？」她說。
「我答應你。」
電話掛上，我坐在飯桌前面，拿起拼圖塊拼圖，我以為我會哭，可是我沒有，這一天終於來臨了，也解開了我一直以來的疑惑，森並沒有同時愛兩個女人，他只愛我一個人。
森在黃昏時打電話來，他說晚上陪我吃飯。

我們在一間燒鳥店吃飯，森的精神很好。他剛剛替銀行賺了一大筆錢。我很害怕這天晚上是我們最後一次見面，我不知道那個女人會做些什麼。我緊緊依偎著森，把一條腿擱在他的大腿上。

我答應了她不把這件事告訴森，雖然我沒有必要遵守這個承諾，但我不希望她看不起我，以為我會拿這件事來攻擊她。

第二天早上，森沒有打電話給我，我開始擔心起來。到了下午，終於接到他的電話。

「你為什麼不告訴我？」他問我。

是我太天真，我以為她叫我不要告訴森，她自己也會保守秘密。

「昨天晚上，她像個發瘋的人。」他說。

「那怎麼辦？」

他沉默良久。

「是不是以後不再見我？」我問他。

「我遲些再找你。」他說。

我放下電話，害怕他不會再找我。

晚上要上時裝設計課。

陳定梁讓我們畫設計草圖。我畫了一件晚裝，是一襲吊帶黑色長裙，吊帶部分用假鑽石做成，裙子是露背的，背後有一個大蝴蝶結。我心情很差，浪費了很多紙張，畫出來的那一件，和我心裡想的，仍然不一樣。我很氣憤，把紙捏成一團，丟在垃圾桶裡。

下課後，我離開課室，陳定梁追上來。

「宇無過的書我看完了，可以還給你。」

我看到他手上沒有東西。

「我放在車上，你要過海嗎？」

「你今天的心情好像不太好。」他一邊開車一邊說。

「女人的心情不好是不用任何解釋的。」我說。

車子到了大廈門口，我下車。

「等一下，」他下車，走到車尾廂拿出兩個大西瓜說，「今天我回粉嶺探過我媽，她給我的。我一個人吃不下兩個，送一個給你。」

「謝謝你。」我伸出雙手接住。

「這個西瓜很重，我替你搬上去。」

虧他想得到用這個藉口參觀我家。

陳定梁替我把西瓜放在冰箱裡。

他看到我的拼圖，說：「已拼了五分之一？」

我看看手錶，是十時零五分，森也許仍然在公司裡。

「我的前妻今天結婚。」陳定粱說。

原來陳定粱離過婚。今天對他而言，想必是個不太好的日子。我們同月同日生，想不到也在同一天心情不好。

「你為什麼不去參加婚禮？」

「她沒有邀請我。」

「那你怎麼知道她結婚？」

「我媽今天告訴我的，我前妻和我媽的關係比較好。」陳定粱苦笑。

「那你們離婚一定不是因為婆媳問題。」我笑說。

「是我的問題。」陳定粱說。

「我真是不了解婚姻。」我說。

「我也不了解婚姻，但我了解離婚。」

我不太明白，只想聽聽他又有什麼偉論。

「離婚是一場很痛苦的角力。」

森大概也有同感吧？離異比結合更難。

「時候不早了，我先走。」陳定粱說。

「謝謝你的西瓜。」

「我差點忘了，宇無過的書。」陳定粱把宇無過的書還給我。

「好看嗎？」

「不錯，不過還不是一流水準。」

「世上有多少個一流？」我說。

陳定粱走了，我覺得很寂寞，沒想到他竟然能給我一點點溫暖的感覺。我看著時鐘一分一秒的過去，已經是凌晨三時，森會不會在家裡，正在答應他太太他不再跟我見面？

我匆匆的穿好衣服，走到森的公司的樓下，在那裡徘徊。我從來沒有做過這種傻事，我甚至不知道他是否在公司裡。

街上只有我一個人，長夜寂寥，我為什麼不肯死心，不肯相信這一段愛情早晚會滅亡？這不過是一場痛苦的角力。

我在街上徘徊了不知道多久，終於看到有幾個男人從銀行出來，但看不見森，也許他今天晚上不用當值吧。

十分鐘之後，我竟然看到森從銀行出來，森看到我。

「你為什麼會在這裡？」

「我掛念著你！」我撲在他懷裡。

「這麼晚還不去睡？」

「我睡不著，你是不是打算以後不見我？」

「我送你回家。」

我和森走路回家。凌晨四時，中環仍然寂寥，只有幾個晨運客。我們手牽著手，我突然有種感覺，森不會離開我的。

「我是不是嚇了你一跳？」我問森。

「幸虧我沒有心臟病。」他苦笑。

「對不起，我應該把她打電話給我的事告訴你。」我說。

「反正她都知道了。」

「你有沒有答應她不再跟我見面？」

「我要做的事，從來沒有人可以阻止我。」

「那麼，就是你自己不想離婚而不是你離不成婚，對不對？」

「一個三十七歲的女人，你叫她離婚後去哪裡？」

「哦，原來是這樣，我寧願三十七歲的是我。」

我這一刻才明白，女人的年歲，原來也能使她成為一段婚姻之中的受保護者。

「我們以後怎麼辦？」我問森。

「你以後不要用姓周的傳呼我，就用姓徐的吧。」
「為什麼我要姓徐？」我苦澀地問他。
「只是隨便想到，你的好朋友姓徐嘛。」
「好吧！那我就姓徐，是徐先生還是徐小姐？」我冷笑。
「隨便你，但不要留下電話號碼。」
「你為什麼那麼怕她？」
「我不想任何人受到傷害。」森把雙手放在我的肩膀上安慰我，「我永遠不會離開你。」
「好吧！我更改電話號碼。」我投降。當他說「我永遠不會離開你」，我便心軟。
「已經拼了差不多五分之一，成績不錯啊！」森看到我的拼圖，拼圖上已出現了半間餐廳，只是我們也許不會擁有自己的餐廳了。

森離開之後，我躺在床上。任何一個稍微聰明的女人都應該明白這個時候應該退出，否則，當青春消逝，只能永遠做一個偷偷摸摸的情人。然而，我竟然願意為他改姓徐，有時候，我真痛恨我自己。

森的生日越來越接近，我每天都在拼圖。星期天，徐玉來我家裡，埋怨我只顧著拼圖。
「有人專門替人拼圖的。」徐玉說。
「我想每一塊都是我自己親手拼的。」

「他怎會知道？」
「你別再教唆我。」
「宇無過最近很怪。」徐玉說，「他好像有很大壓力，不停地寫，還學會了抽菸。」
「怪不得你身上有一股菸味。」
「我真擔心他。」
「我沒聽過寫稿會令人發瘋的。」我把她打發了。
晚上，我沐浴之後，坐在飯桌前拼圖，我已經看到雪堡的天空，雪堡的街道和四分之三間餐廳，只餘下四分之一間餐廳和男女主人。
我一直一直拼，男女主人終於出現了。我嗅到樓下蛋糕店烤蛋糕的香味，原來已是清晨，我嵌上最後一塊拼圖，是男主人的胸口。
終於完成了，我忘了我花了多少時間，但我終究看到屬於我們的餐廳。到時候，森會負責煮菜，我負責招呼客人。午飯之後，我們悠閒地坐在餐廳外聊天。
上班之前，我到郭小姐的蛋糕店訂蛋糕，她很殷勤地招呼我。
「還是頭一次在這裡訂蛋糕啊！」她說。
「我朋友生日嘛。」
「你喜歡什麼款式的蛋糕？」

「你是不是什麼款式也能做？」我試探她。

「要看看難度有多高。」

我把拼圖的盒面交給她：「蛋糕面可以做這間餐廳嗎？」

「這間餐廳？」她嚇了一跳。

「哦，算了吧，的確是太複雜。」

「你什麼時候要？」她問我。

「明天。」

下班的時候，森打電話給我。

「你明天晚上會不會陪我？」我問他。

「明天有什麼事？」

「明天是你的生日，你忘了嗎？」我笑他。

「我真的忘了，我只知道英鎊今天收市價多少。」

「那你會不會陪我？如果不行也沒有關係的。」我安慰自己，萬一他說不能來，我也會好過一點。

「明天什麼時候？」

「你說吧。」

「我七點鐘來接你。」

森掛電話後，徐玉打電話給我。

「宇無過真的有點問題，他這幾天都寫不出稿。」徐玉很擔心。

「正常人也會便秘吧！」

「他這幾個星期都沒有碰過我。」

「山珍海味吃得多，也會吃膩吧！不要胡思亂想。」

我花了一點時間安慰徐玉，一邊想著明天晚上該穿什麼衣服。這種日子，一套簇新的內衣褲是必須的。我用員工價買了一件黑色的束衣，剛好用來配襯我剛買的一襲黑色裙子。

這天早上，我先到蛋糕店取蛋糕。蛋糕做得十分漂亮，跟雪堡的餐廳有八成相似。

「我已盡力而為。」郭小姐說。

「很漂亮，謝謝你。」

我把蛋糕放在冰箱裡，把鑲在玻璃鏡框裡的拼圖藏在衣櫃內才去上班。我提早兩小時下班，去洗了一個髮。心血來潮，又跑去買了一瓶紅酒給他。這時已是七時十五分，我匆忙趕回家，森剛從大廈出來。

「我等了你很久。」他說。

「我……我去洗髮。」

「對不起。」他說。

「什麼意思？」我問他。我的身體不由自主地顫抖。

森望著我不說話。

「你說七點鐘，現在只是過了十五分鐘，我去買酒，買給你的。」我把那瓶紅酒從手提袋裡拿出來給他看。

「我不能陪你。」他終於肯說出來。

我憤怒地望著他。

「她通知了很多親戚朋友今天晚上吃飯。」森說。

「你答應過我的！」我狠狠地掃了他一眼，衝入大廈。

森沒有追上來，他不會追來的，他不會再向我說一次對不起。

我把那瓶價值三千五百元的紅酒開了，咕嚕咕嚕地整瓶倒下肚裡，結果有一半吐在地上。我把藏在衣櫃裡的拼圖拿出來，本來是打算送給森的，現在我拆開鏡框，把拼圖平放在地上，這是我們的餐廳。我用一隻手將整幅拼圖翻過去，拼圖散開了，我把它搗亂。那種感覺真是痛快，我把自己親手做的東西親手毀了。他毀了盟約，我毀了他的禮物。毀滅一件東西比創造一件東西實在容易得多。

對了，冰箱裡還有一個蛋糕。我把蛋糕拿出來，盒子還沒有打開，上面紮了一個蝴蝶結。

我帶著蛋糕來到徐玉家拍門，她來開門。

「生日快樂。」我說。

徐玉呆了三秒，我把蛋糕塞到她手上。

「發生什麼事？」她問我。

「洗手間在哪裡？」

徐玉指著一個房間。我衝進去，抱著廁缸吐了很久。我聽見徐玉去喊宇無過來扶我。他們兩人合力將我抱到沙發上，徐玉倒了一杯熱茶給我。

「你不是跟森吃飯的嗎？」徐玉問我。

我吐了之後，人也清醒了很多，這時我才發現宇無過的樣子變了很多，他頭髮凌亂，滿臉鬚根，而且變得很瘦，口裡叼著一根菸。

「你為什麼變成這樣？」我禁不住問他。

「你們談談吧，我進去寫稿。」宇無過冷冷的說。

「他為什麼會變成這樣的？」我問徐玉。

「我早跟你說過，他從一個月前開始就變成這樣，天天把自己困在房間裡寫稿，今天還把工作辭掉，說是要留在家裡寫稿。」

「他受了什麼刺激？」

「我想是一個月前報館停用他的小說吧，他很不開心。他給自己很大壓力，說要寫一本暢銷書，結果越緊張越寫不出，越寫不出，心情便越壞。」

「每個人都有煩惱啊！」我的頭痛很厲害。

「你為什麼喝那麼多酒？」

「那個女人故意的。她今天晚上通知很多親戚朋友去跟森慶祝生日，令他不能陪我。」

「你打算怎麼樣？」

「我本來可以放棄的，但現在不會，我不要輸給她，我要跟她鬥到底。」

「你？你憑什麼？」徐玉問我。

「我知道森喜歡的是我。」我說。

「那麼今天晚上他為什麼不陪你？」

我頓時啞口無言。是的，他縱有多麼愛我又有什麼用？他始終還是留在她身邊。

「周蕊，你才是第三者！」

徐玉這句話好像當頭棒喝。我一直沒想過自己是第三者，我以為他太太是第三者，使我和森不能結合。現在想起來真是可笑。

「對不起，我不是故意的。」徐玉在我身邊坐下來，雙手環抱著膝蓋說：「為了愛情，我也不介意做第三者。算了吧，我和你都是憑感覺行事的人，這種人活該受苦。」

「我今天晚上可以留下來嗎？我不想回家。」

「當然可以。你跟我一塊兒睡。」

「那麼宇無過呢？」

「他這兩個星期都在書房裡睡。」徐玉惆悵地說。

我躺在徐玉的床上，模模糊糊地睡著了。半夜，我的膀胱脹得很厲害，起來上洗手間，書房的門半掩，我看到宇無過背著我，坐在書桌前面不斷地將原稿紙捏成一團拋在地上，書房的地上，被捏成一團團的原稿紙鋪滿了。他轉過身來看到我，臉上沒有什麼表情。他大概會是第一個寫小說寫到發瘋的人。

早上，我叫醒徐玉。

「我走了。」

「你去哪裡？」

「上班。不上班便沒有生活費。」

「你沒事了吧？」

「我決定跟唐文森分手。」我說。

「分手？你好像不是第一次說的。」徐玉不太相信我說的話。

「這一次是真的。我昨天晚上想得很清楚，你說得對，我才是第三者，這個事實不會改變，永遠也不會。」我痛苦地說。

「你真的捨得離開他？」

「我不想再聽他的謊言，我不想又再一次失望，被自己所愛的人欺騙，是一件很傷心的事。」

「我不知道，我時常被自己喜歡的人欺騙的。」徐玉苦笑。

「我會暫時搬回家住。」

「為什麼？」

「我不想見森，我不想給自己機會改變主意。」

這個時候，我的傳呼機響起，是森傳呼我。我離開徐玉的家，把傳呼機關掉。雖然四年來說過很多次分手，但沒有一次是真心的，這一次不同，我有一種絕望的感覺。從前我會哭，這一次我沒有。我回家收拾衣服，那幅拼圖零碎地躺在地上，我和森的餐廳永遠不會出現。電話響起，我坐在旁邊，等到電話鈴聲終止，我知道是森打來的，電話沒有再響起，他一定以為我在生氣，明天便會接電話。我拿著手提袋離開。經過一樓，郭小姐正在開店。

「周小姐，去旅行嗎？」她笑著問我。

我點頭。

「那個蛋糕好吃嗎？」

我點頭，我根本沒有吃過。

回到內衣店，安娜說唐文森打過電話給我。他緊張我，只會令我去意更堅決。電話再響起，我不想安娜和珍妮猜度，而且我早晚要跟他說清楚。我拿起電話。

「你去了哪裡？」他著急地問我。

「我忘了跟你說生日快樂。生日快樂。」我說。

「我今天晚上來找你，好不好？」森問我。

「算了吧，我不想再聽你說謊。」

「今天晚上再談。」

「不，我不會見你的。那間屋，我會退租，謝謝你給我快樂的日子。再見。」我掛電話。

森沒有再打電話給我。我沒想到我終於有勇氣跟他說分手。我從來沒有這麼愛一個人，我學會了愛，卻必須放手。

下班後，我去上時裝課，陳定粱看到我拿著一個手提袋，有點兒奇怪。

「你趕夜機嗎？」

「不是。」

「我送你過海。」

「謝謝你，我今天不過海。」

「我有東西給你。」陳定粱交了一盒錄音帶給我，「你要的〈I will wait for you〉。」
我沒想到會在這一刻收到這首歌，表情有點茫然。為什麼我總是遲來一步？
「你已經找到了？」他問我。
「不，謝謝你，你怎麼找到的？」
「我有辦法。」
我回到母親家裡，把錄音帶放在錄音機裡播放。
「我會等你！」是一個多麼動人的承諾！可是，森，對不起，我不會等你。
我離家兩星期，森沒有找我，也沒有來內衣店。我期望他會打電話再求我，或者來內衣店找我，可是他沒有。雖然分手是我提出的，但我的確有點兒失望，他怎麼可以就此罷休？也許他知道再求我也是沒用的，不是我不會回心轉意，而是他無法改變現實。
我和徐玉在戲院裡看著一部很滑稽的性喜劇，徐玉笑得很大聲，我真的笑不出來。
「是你說要分手的，他不找你，你又不高興。」徐玉說。
「你跟一個男人說分手，不可能不希望他再三請求你留下來吧？」
「你根本捨不得跟他分手，你仍然戴著他送給你的項鍊。」
是的，我仍然捨不得把項鍊除下來。
「森會不會發生意外？他不可能音訊全無的。」我說。

「不會吧。不可能這麼湊巧的。如果你擔心，可以找他呀。」

「他很奸狡，想以退為進。他知道我會首先忍不住找他。」

「什麼都是你自己說的。」

「我想回家看看。」

「要不要我陪你回去？萬一唐文森在家裡自殺——」

「胡說！他不會為我死。」

我又回到我和森的家，或許森曾經來過，留下一些什麼的，又或者來憑弔過，然後不再找我。

我推門進去，這裡和我離開時一樣，但地上的拼圖不見了。一幅完整的拼圖放在飯桌上。不可能的！我走的時候明明把它倒在地上，變成碎片。是誰把它拼好？

森從洗手間出來。

「你什麼時候來的？」我問他。

「兩個星期前。」

「兩個星期前？」我問森。

他走到那幅拼圖前面說：「剛剛才把它拼好。」

「你天天都在這裡？」

「每天有空，便來拼圖。」森說。

「你花那麼少時間便把這幅圖拼好？」

「你忘了我是拼圖高手嗎？不過，這幅圖的確很複雜，如果不是拿了兩天假期，不可能完成。」

「你為什麼要這樣做？」我含淚問他。

「這是我們的餐廳。」森抱著我。

「討厭！」我哭著把他推開。

「你說分手的那天晚上，我回來這裡，看到這幅拼圖在地上，我想把它拼好。我想，如果有一天你回來，看到這幅拼圖，或許會高興。」

「你以為我會回來嗎？」

「不。我以為你不會回來了，你一定以為我一直欺騙你。有時候，我覺得自己很自私，我應該放你走，讓你去找一個可以照顧你一世的男人。」

「你就不可以？我討厭你！我真的討厭你。告訴你，我從來沒有這麼討厭一個人。」我衝上去，扯著他的衣袖，用拳頭打他。

森緊緊地把我抱著。

「我討厭你！」我哭著說。

「我知道。」他說。

我用力擁抱著森，我真的討厭他，尤其當我發現我無法離開這個人。我抱著這個久違了十四天，強壯溫暖卻又令人傷心的男人的身體，即使到了三十歲，我也無法離開他。愛情，有時候，是一件令人沉淪的事，所謂理智和決心，不過是可笑的自我安慰的話。

倒退飛的鳥

蜂鳥是唯一可以倒退飛的鳥。
如果往事也可以倒退就好了。
我們的愛就像那蜂鳥，是塵世裡唯一的。

「宇無過要走！」

在內衣店關門之後，徐玉走來跟我說。

「去哪裡？」

「他想去美國讀書。」

「讀書？」

「聽說美國有一間學校專門教人寫小說的，米高基里頓也在那裡上過課，後來便寫出了《剛果》和《侏羅紀公園》。」

「是嗎？我倒沒有聽過。」

「前陣子宇無過的確把我嚇了一跳。這幾天，他好像什麼事都沒有了，他說是靈感枯竭，所以給了自己很大壓力，他想出去走一走。」

「這是好事，否則他可能是本港開埠以來第一個因為寫科幻小說而發瘋的人。」

「可是，他說要自己一個人去。」

「一個人？要去多久？」

「他說想去多久就多久。」

「他想跟你分手嗎？」

徐玉無助地望著我，一滴眼淚忍不住流下來：「他沒有說分手，他說他想嘗試過另一種生活，他被生活壓得透不過氣了。也許我妨礙他創作吧，作家是不是不能有太穩定的感情生活？」

我不懂得回答這個問題，我以為作家和其他人都沒有分別，任何人都在穩定和不穩定的感情關係中徘徊，時而得到平衡，時而失去平衡，但有一點可以肯定，宇無過和徐玉的感情正在改變。這個男人開始想擺脫這段感情，想尋求出路。結果只有兩個：他終於發現徐玉是他最愛的女人或他終於決定和徐玉分手。

徐玉打開皮包拿出紙巾抹眼淚，我看到她的皮包裡放了很多現金。

「你為什麼帶那麼多現鈔出來？」

「我到銀行提給宇無過的，給他去美國。」

「是你的積蓄？」

徐玉點頭：「這裡有數萬元，是我全部的積蓄。」

「他這個人太任性了，拿你的錢自己去旅行。」我說。

「他不是去旅行，他去散心。周蕊，宇無過向來都是個任性的人，你沒有跟他一起生活，你不知道罷了。他常常是自己喜歡怎樣就怎樣，不會理會別人的感受，我做他的女人，要常常跟在他後面，替他收拾殘局。譬如報社打電話來追稿，他從來不肯接電話，都是我去跟人家說話的。他罵了人，是我去跟人家道歉的。他不肯起床去上班，是我打電話去替他請病假的。我知道他不喜歡應酬，我到現在還不敢要他去見我的家人。」

我搖頭苦笑。

「你笑什麼？」徐玉問我。

「我跟宇無過原來很相似，我是最任性的一個，向來是森替我收拾殘局。看來我很幸福。」

「我沒有覺得自己不幸啊！我喜歡照顧宇無過，覺得他需要我這一點很重要。」

我跟徐玉不同，不習慣照顧別人，我喜歡被照顧，覺得被照顧這一點對我很重要。

「宇無過什麼時候走？」

「要看看什麼時候訂到機票，很快了。」

「那你怎麼辦？」

「他答應會打電話給我的。這幾天，我想了很多東西，是我以前不會想的。愛一個人，應該給他空間，對不對？」

「你聰明了很多。」我讚嘆。

如果有一種女人，要靠戀愛和失戀來成長，徐玉便是這種女人。

兩個星期之後，宇無過帶著徐玉給他的錢去尋找自由和空間。徐玉在送機時強忍著眼淚，宇無過卻像浪子那樣輕快地離開。我還是認為被人照顧比照顧別人幸福得多。有一個人永遠為你收拾殘局，又何妨任性？

半年一次的減價從這一天開始，內衣店來了很多平時不會來光顧的人，這些人通常捨不得買昂貴的內衣，但又仰慕名牌，所以往往在七折或半價時才出現。

黃昏時，一個身材瘦削的女人進來挑選內衣，她的樣子很面熟，我好像是認識她的。這一天忙得頭昏腦脹，一下子想不起在哪裡見過她。女人的身材並不豐滿，我看她頂多只能穿三十二A。她在店內徘徊了很久，我忍不住問她：

「小姐，有什麼可以幫忙嗎？」

「是不是有一種神奇胸罩？」她問我。

「啊，是的。」我早猜到她想要一些特別效果的胸罩，所以要待店裡的人不太多時才鼓起勇氣開口。

「神奇胸罩有三種，你要哪一種？」我問她。

「有哪幾種？」

「有勁托的、中度的和輕托的。」

「勁托。」她毫不猶豫地說。

「勁托這一款很暢銷呢，能夠將胸部托高兩吋。」
「這樣會不會好像欺騙別人？」她有點猶豫。
「欺騙別人？怎能說是欺騙別人呢？其實就和化妝差不多，只是美化而已。化了妝也不用告訴別人，對不對？」
她對我的解釋很滿意，說：「那讓我試試看。」
「你要什麼尺碼？」
「三十二A。」她輕聲說，臉上帶著自卑。
三十二A的女人在試衣間內逗留了超過二十分鐘。
「小姐，需不需要幫忙？」我問她。
「會不會太誇張？」她讓我進試衣間。
她的左胸上有五顆小痣，排列得像一個逗號。我不會忘記這個逗號。
「你是不是游穎？」我問她。
「你是周蕊？」
全憑一個逗號。
「你真是游穎？我認得你這個逗號。」我指著游穎胸前那個由五顆小痣排成的逗號。
「太好了！我剛才就覺得你很親切，好像很久以前見過你。」游穎拉著我的手，高興得團團轉。

我和游穎可說是在嬰兒期已經認識，她比我早出生三個月。我們是鄰居，又在同一間小學就讀，天天一起走路上學。

我和她常常一起洗澡，所以我認得她胸前的逗號，游穎則說像一隻耳朵。我寧願相信是逗號，有一隻耳朵在胸前，實在太奇怪了。游穎從前是很胖的，我以為她長大了會變成一頭河馬，沒想到她現在這麼瘦，所以我差點就認不出她了。

「你瘦了很多。」我跟游穎說。

「我十歲以前是很胖的，但發育時不肯吃東西，所以就弄成這副身材。」

「我還以為不會再見到你，你為什麼會突然搬走的？」

我記得那時游穎讀小學五年級，他們一家人突然在一夜之間搬走，游穎甚至退了學，此後我們便失去聯絡。我到現在還不明白她為什麼會搬走。當時我是很失落的，一個小孩子，突然失去了最要好的朋友，使我有童年陰影，我很害怕身邊的人會在一夜之間消失，不留一句話，也不道別一聲，便離我而去。

游穎坐下來說：「事情是這樣的，我爸爸當時中了一張頭獎馬票。」

我嚇了一跳：「頭獎馬票？」

「獎金有一百萬，是十八年前的一百萬元，可以買幾十層樓。」游穎說。

「原來你們發達了！」

「我爸爸是一個懷疑心很大的人，他拿了獎金之後，很害怕親戚朋友和鄰居知道後會向他借錢或者打他主意、勒索他、綁架他的兒女等等。他越想越怕，便趁夜帶著我們從香港搬到新界，替我們四兄妹轉了學校。他自己還去改了一個新的名字。」

「那你豈不是變成了富家小姐？」

「後來的故事不是這樣的——」游穎說。

「我爸拿著那一百萬，只買了一層樓，那時有誰會想到樓價會升得這麼厲害？他以前在製衣廠工作，一心想擁有自己的製衣廠。他在荃灣買了一間製衣廠，自己做製衣生意。頭幾年的確賺到錢，後來，他看錯了時機，以為彈性衣料會流行，買了一批橡膠。」游穎說。

「橡膠？」我奇怪。

游穎用手比劃著：「是很粗很大條的橡膠，一綑一綑的，每綑像一匹布那樣大，摻進布料裡，就變成彈性衣料。他以為一定會憑那批橡膠發達，到時候還可以炒賣橡膠，於是把廠房押給銀行，統統拿去買橡膠。」

「結果呢？」

「結果彈性衣料沒有流行起來，廠房賣了給人，橡膠搬回家裡，我們整間屋都是橡膠。睡的地方、吃的地方、洗手間、廚房，都是橡膠。」

「你爸爸就是這樣破了產？」

「不。那時我們還有一層樓。爸爸不甘心，把屋押了，又再搞起製衣廠，結果連唯一一層樓都沒有了。我們從荃灣山頂搬到荃灣山腳。我爸的馬票夢只發了十年。」

「你爸真是生不逢時，那批橡膠，他買早了十幾年，現在才流行彈性衣料呢！」我說。

「我也時常這樣取笑他。我一直都想到舊屋找你，但，走的時候那麼突然，回去又不知道說什麼好。」

「沒想到我們會在這裡重逢。」我說。

「是啊！一重逢就讓你知道我的三圍尺碼了。」

「你一定有男朋友啦！」

游穎惆悵地說：「這一刻還是有的，不知道明天會不會分開。」

「為什麼這樣說？」我問游穎。

「任何一段戀情，只要日子久了，就會變得平淡。」游穎無奈地說。

在內衣店裡跟她談這個問題好像不太適合，我提議一起吃晚飯。

「好啊！反正他今天晚上不會陪我。」游穎說。

我和游穎在中環雲咸街吃印度菜。

游穎從錢包裡拿出一張相片給我看，是她和她男朋友的親密合照。

「他叫常大海。」游穎甜蜜地說。

「長得很好看啊！一表人才。」我說。那個男人的確長得眉清目秀。

「我們一起七年了，他是當律師的。」

「你們怎樣認識的？」

「我們在同一間律師樓工作。我是大老闆的秘書。」

「你叫游穎，他叫大海，真是配合得天衣無縫。」我笑說。

「我們當年也是因為這個微妙的巧合而走在一起的。」

「我也認識一個跟我同月同日生的男人，但我們不是戀人。」我說。

「所謂巧合只是在初期能夠使兩個人的關係進展得快一點而已。」游穎說。

「你們的問題出在什麼地方？是不是有第三者？」

「我可以肯定他沒有第二個女人，我也沒有。」

「那是什麼原因。」

「我的胸部太小了——」游穎說。

「你的胸部其實不算小，在中國女人來說，也很符合標準，我見過比你小的。」我安慰游穎。

她仍然愁眉不展說：「你就比我大。」

我看看自己的胸部，尷尬地說：「我也不是很好。大小不是問題，有些女人的胸部很大，卻是下垂的。有些女人的胸部不算大，但乳房的形狀很美。」

「老實說，我很自卑。大海說過我的胸部太小。」

「他這樣說？」

「他不是惡意批評，只是偶然提及過，而且不止一次。」

「但你們一起已經七年了，他不會今天才認識你的身體吧？」

「當然不是。我們最初在一起的時候，我問過他介不介意，他說他不喜歡大胸部的女人。但我知道他其實是喜歡大胸部的。」

「男人年紀大了，望女人的視線便會向下移，由臉孔下移到胸部。」我笑說。這是森告訴我的。

「周蕊，原來真的有所謂七年之癢的。」游穎認真地跟我說，「我以前也不相信。我和大海七年了，他近來經常在做愛中途睡著，他從前沒有試過這樣。我發現他看《花花公子》，你知道，這本雜誌裡面登的照片，全是大胸部女人。律師樓最近來了一個剛剛畢業的女律師，那個女人的胸部很大，坐下來吃飯時，一雙乳房可以擱在桌上。」游穎企圖示範給我看，可惜她擱不上桌。

「是不是這樣？」我示範給她看。

「對，就是這樣，可以擦桌子。她跟大海實習。」

我明白游穎為什麼要買神奇胸罩了。

我不是性學專家，我不能替游穎解決她和常大海之間的性問題。我想，七年來跟同一個人發生關係，也許真的會悶吧，尤其是男人。

「這個真的有用嗎？」游穎指指剛剛買的胸罩跟我說。

「你今天晚上試試吧！」

「你知道嗎？我從來沒有買過這麼貴的胸罩。」

「過了減價這段日子，我可以用員工價替你買。」

「謝謝你。」

「我等你的好消息！」

我和游穎交換了聯絡電話，沒想到我們十八年沒有見面，一見面便大談性問題，兒時相識果然是特別親切的。

第二天早上，我接到游穎的電話。

「真的很有用！」她說得春心蕩漾。

「他大讚我性感，我還是頭一次聽到他用這個形容詞形容我。他昨天晚上沒有中途睡著呢！」

「那不是很好嗎？看來你要大量入貨！」

我沒想到女性的內衣竟然和性學專家有相同的功用。一個為性而憔悴的女人好像重獲新生。

這天晚上，在床上，我問森：「你會不會生厭？」

「對什麼生厭？」

「對我的身體。」我坐在他身上說。

森失笑：「為什麼這樣說？」

「天天對著同一個女人的身體，總有一天會生厭的。」

「誰說的？」

「我問你會不會？」

「我可以跟你一起，甚至也不做的。」他抱著我。

「你以前也抱過另一個女人，你和她是不是有什麼秘密協議？你答應了她在某天之後不再跟我見面？」

「你的想像力真是豐富。」他搖頭苦笑。

「難道我們就這樣一直繼續下去？」

「這層樓如果要買的話是什麼價錢？」他問我。

「至少也要兩百多萬。」

「我買下來給你。」他認真地跟我說。

「不要。」我說。

「為什麼不要？你不喜歡這層樓？」

我搖頭：「你為什麼要買下來給我？」

「你是我最喜歡的女人。」他吻我。

「我又不是你太太，你買給她吧。」我跟他賭氣。

「是我欠你的。」

「你沒有欠我，即使你欠我，也不是金錢可以補償的。」

「我知道。我想給你一點安全感，如果有一天，我不在你身邊，不在這個世界上，我希望你能夠生活得好一點。」

我伏在森的身上，泣不成聲。如果我有一層樓，卻失去他，那層樓又有什麼用呢？

「別哭！」他替我抹眼淚，「你明天去問問房東，要多少錢才肯賣。」

「你是不是想把這層樓當作分手的禮物？」我問他。

森莞爾：「世上哪有這麼闊綽的男人，分手還送一層樓？你真是不了解男人。」

「有一天，你不愛我了，便會收回這一層樓，對不對？」

「我不會不愛你，也不會收回這層樓。你為什麼要懷疑我？連你都不相信我？」

「不，我相信你。」我抱著森。他大概不明白，他突然送一份厚禮給我，是會令我胡思亂想的。

徐玉的想法剛好跟我相反，她說：「他肯買一層樓給你，就是打算跟你天長地久。」

我向房東打聽，他開價兩百六十萬。因為是舊樓的緣故，銀行只肯做六成抵押。

「不用做抵押，一次付清好了。」森說。

「你不怕我得到這層樓之後不要你嗎？」我沒想到他那樣信任我。

「我從來沒有懷疑你。」

「屋契用我們兩個人的名字登記好嗎？」

「不要，不要用我的名字。」

「為什麼？」我問他。

「用你一個人的名字登記就好了。如果加入我的名字，將來我有什麼事，你便會失去一半產權。」

「如果你有什麼事，我要這層樓也沒有用。」

「不要這樣傻，你應該保障自己。萬一我跟她離婚或我有什麼不測，我的東西她都可以拿走一半或全部。」

這是森第一次提到離婚。

「你會離婚嗎？」

「離婚我便一無所有。」他苦笑。

「如果錢能解決問題，為什麼不用錢？」

「這個世界，除了錢，還有道義，她還能找到什麼男人？」

男人總是自以為是，他們不肯離婚還以為自己很高尚，他們以為那個女人找不到比他更好的男人，卻不明白，男人不愛一個女人，卻遲遲不肯放手，只是在剝奪她找到一個更愛她的男人的機會。

「你以為我可以找到好男人嗎？」我問他。

「你可以的，你長得這麼漂亮，很多男人都想追求你。」他抱著我的臉說。

我常常以為缺乏安全感的是我，原來森比我缺乏安全感，他在工作上運籌帷幄，信心十足，卻害怕一個女人會離他而去。我看著森遠去的背影，一個擁有這麼堅強的背影的男人，竟然害怕失去我。

「森！」

他回頭問我：「什麼事？」

我強忍著淚水說：「我不會走的。」

「到三十歲也不會走？」他笑著問我。

我搖頭。

徐玉來內衣店，送了一套床單和枕袋給我做遷居禮物。

「宇無過有沒有打電話回來給你？」

「有啊！還寫了一封信給我。」她興奮地說。

「那不是很好嗎？」

「他說他很掛念我。」徐玉從皮包裡拿出一封由美國寄來的信。

「隨身攜帶呢！一定是一封很感人的信。可以給我看看嗎？」

「你要看？」徐玉愕然。

「我沒有看過情書嘛！何況是一位作家的情書！一定是感人肺腑、扣人心弦的吧？」

「好吧，見你這麼可憐，就讓你看看。」

信是這樣寫的：

「玉：

在這裡我看到很多飛鳥和白鴿，牠們都是向前飛的，我在想，鳥能不能倒退飛呢？結果我在書上發現有一種很小的鳥，叫作蜂鳥，像蜜蜂一樣吸食蜂蜜維生。當牠在花的上方懸停，像直升機一樣停在一個定飛點時，就可以倒退飛，不過也只能倒著飛一點點……

離開了你，獨個兒在外面的這段日子，我時常懷念我們最初認識時的情景，如果人也能像蜂鳥一樣倒飛，回到過去，那該是多麼美好。時日久了，一切都會變得複雜，我差點忘了我們之間許多美麗的情話，你不在我身邊，我又想起來了，真希望可以快點見到你！

宇無過」

我真是妒忌徐玉，她竟然收到一封這麼動人的情書。

「怎麼樣？」徐玉問我。

「不愧是作家，好感人啊！」

「我也是！我看了很多遍，每一次看都忍不住流淚。」

「他很愛你呢！」

「我很掛念他。」

「為什麼不去見他？」

「我哪裡還有錢買飛機票！」

「你是不是要錢用？」

「不用了！宇無過說他想一個人靜靜的過，我不想打擾他。我不在他身邊，他會越來越掛念我。我希望看到他自己回來。」

「是的，得不到的東西才叫人魂牽夢縈。」

「所以我開始明白你和唐文森何以這麼要好。」

「森可寫不出這麼感人肺腑的信呢！」

「可是他送你一層樓！」徐玉笑說。

如果森也是一隻蜂鳥，能倒退著飛，飛到沒有結婚之前，那該有多好！時日久了，一切都會變得複雜，我跟他一起的時間越久，他跟那個女人一起的歲月也越長，情義越深，越不會離婚。

「你沒事吧？」徐玉問我。

「我在想那蜂鳥為什麼可以倒退飛。」

「蜂鳥為什麼可以倒退飛？讓我寫信問問宇無過。」徐玉說。

「蜂鳥可能瘋了，所以倒退飛，鳥都是向前飛的呀！」我笑說。

「是誰瘋了？」游穎走進來說。

用了神奇胸罩之後的游穎果然是脫胎換骨了，態度也比較風騷。

「你來得正好，我給你們介紹，這是徐玉，是我的好朋友；這是游穎，我們青梅竹馬，最近重逢。」

「我見過你！」游穎跟徐玉說，「我在一個胸罩廣告裡見過你！」
「她是模特兒。」我說。
「你的身材很好啊！」游穎讚嘆。
徐玉笑得合不攏嘴：「不是很好，我只有三十六A。」
「你看來有三十六C。」游穎說。
「沒有那麼厲害。」
「三十六C不知道會是怎樣的啦？」游穎一臉好奇。
「大概和一個三歲小孩子的頭差不多大吧！」我說。
「我的身材不夠周蕊好看啊！她全身都很平均，她是三十四A呢！」
「我小時候看不出來呢！」游穎說，「真是羨慕你們，我只有三十二A。」
「那我們豈不是三個A CUP的女人？」徐玉說。
「不是三個在club的女人就行了！」我說。
「今天為什麼這麼空閒？」我問游穎。
「大海今天晚上有工作要做，我來找你吃飯，你有空嗎？」
「三個人一起吃好不好？」
「好呀。」徐玉說。

「我等一會告訴你們一個三十六C的故事。」游穎說。

我和游穎、徐玉在一間上海館子吃飯。

「快告訴我三十六C的故事，到底是誰？」我問游穎。

「不就是在律師樓實習的那個女律師囉，她叫奧莉花•胡。自從她來了之後，律師樓的男人都眼福不淺。」

「她時常穿低胸嗎？」徐玉問。

「她還可以用雙乳來擦桌子呢！」游穎冷笑。

「你這麼恨她，她一定是常向常大海拋媚眼吧？」我取笑游穎。

「她最近搞出一個笑話。」游穎說，「她穿了一條寬鬆的吊帶裙回來，那個沒有肩帶的胸罩掉了出來，她及時用手接住，笑得我們！」游穎一副幸災樂禍的表情。

「她可能用了一個廉價的胸罩。」我說。

整個晚上，游穎不停地在說那個奧莉花•胡的是非，我覺得她對那個奧莉花的憎恨有點不尋常，她不斷取笑奧莉花的傲人身材，幾乎笑到眼淚都掉出來，反而像是妒忌多於憎恨。

徐玉去了洗手間，游穎跟我說：「我想隆胸。」

「隆胸？」我嚇了一跳。

「你有沒有熟識的整容醫生？」游穎問我。

「我還沒有整過容。」我尷尬地說。

「我知道大海是喜歡大胸的。」游穎沮喪地說。

「你不是說你們現在的關係很親密的嗎？況且你現在也用了神奇胸罩。」

「就是因為這個緣故，我才想隆胸，以後便不需要用神奇胸罩了，我想滿足他。」

「身體是你自己的，隆胸有很多後遺症。從前的人以為矽很安全，現在不也證實了有問題嗎？」我努力說服游穎放棄隆胸念頭。

「現在醫學昌明。」

「我剛剛看過一則新聞，一名土耳其女星的胸突然爆開，整個塌下來。」

游穎嚇了一跳：「真的嗎？」

「況且，即使你隆了胸，也瞞不過大海，如果他愛你，不會想你去冒這個險。你的身材其實很平均，胸小一點有什麼問題？正所謂室雅何須大，隆胸也不一定漂亮的，我見過幾個隆了胸的客人，我的手不小心碰到她們的乳房，很硬啊，完全不真實。」

游穎似乎被我嚇到了，笑著說：「其實我也不過想想罷了，我還沒有勇氣。」

這時候，徐玉從洗手間回來了。

「你猜我碰到誰？」

「誰？」我問她。

「王思思，以前做模特兒的，你也見過。」
我想起來了，王思思是時裝模特兒，頗有點名氣，以平胸著名，她雖然平胸卻很有性格。
「原來她嫁人了。」徐玉說。
「嫁得好嗎？」我問徐玉。
「她丈夫是著名的整容醫生，很多明星也找他整容的，她還給了我一張名片。」
游穎精神一振，這次徐玉闖禍了。
「整容醫生？是很著名的嗎？」游穎拿徐玉手上的名片來看。
「王思思就好像隆過胸，她的胸從前很平的，剛才我見她，好像豐滿了很多。」徐玉說。
「這個給我可以嗎？」游穎問徐玉。
「你想整容嗎？」徐玉好奇。
「你不是來真的吧？」我問游穎。
翌日，我還是放心不下，再打電話給游穎。
「你不要隨便去整容。」我提醒她。
「我想了一整晚，還是提不起勇氣，你真是幸福，不需要經歷這種思想掙扎。」游穎說。
「我有其他的思想掙扎。」我笑說。

「你想見見常大海嗎？」游穎問我。

「我可以見他嗎？」

「為什麼不可以？我跟他提過你呢！」

游穎約了我在中環吃午飯。

這是我第一次跟常大海見面，他完全不像一個喜歡大胸的男人。

常大海大概有五呎十吋高，眉清目秀，游穎說他喜歡大胸的女人，我不期然會幻想他色迷迷的樣子，但這個樣子與他並不配合。

常大海是負責刑事訴訟的律師。

「去年那宗太太支解丈夫的案件，他是辯方律師。」游穎說。

「我只是在初期擔任她的辯護律師而已，最後還得由大律師出馬。」常大海更正。

「她支解了自己的丈夫，還把他的肉煮來吃，只是囚禁六年，是不是判得太輕？」我問常大海。

「法律不是要判決某人有沒有做過某件事，而是他有沒有合理的理由解釋他所做的事。這個女人精神有問題。」常大海說。

「她丈夫整整二十年沒有跟她行房。」游穎說。

「明知一個人有罪，還要替他否認和辯護，會不會很痛苦？」我問常大海。

「法律本來就是一場很痛苦的角力。」常大海說。
「我也聽過類似的話，那句話是：離婚是一場很痛苦的角力。」我說。
「結不結婚也是一場很痛苦的角力。」游穎突然有感而發，幽怨地望著常大海。常大海好像充耳不聞。
「做人也是一場很痛苦的角力。」我打趣說。
「噢，是的，是的。」游穎頻頻點頭。
游穎笑的時候，口裡的檸檬水不慎掉到衣服上，常大海拿出自己的手帕替她抹去身上的水漬。大海對她還是很細心的，只是，大部分男人都不想結婚。
「你太太會不會趁你熟睡時將你剁成肉醬，然後煮來吃？」回到內衣店後，我在電話裡問森。
「這件事早晚會發生。」森說。
「她一定是愛得太狂，才想吃你的肉。」
「恨之入骨也會做同樣的事情。」
「沒有愛，又怎麼有恨呢？」我苦澀地說。
「那你是不是也會把我剁成肉醬？」

「我不喜歡吃肉醬。」我說。

「萬一我不幸變成肉醬，你還會認得那團肉醬是我嗎？」森笑著問我。

我突然覺得很害怕，我真怕他會被那個女人剁成肉醬。

「不要再說了！」

「這個也許是任何一個男人變心的下場，不是那話兒被剁成肉醬，便是整個人被剁成肉醬。」

「不要再說了，求求你。」我哀求他。

「如果你發現我變成一團肉醬，不要害怕，那是愛你的代價。」

我忍不住流淚，如果要他為我變成肉醬，我寧願把他還給那個女人。

晚上上時裝設計課時，我想著一團肉醬，什麼胃口也沒有。

「一起吃飯好嗎？」下課後，陳定粱問我。

我見反正一個人，答應跟他吃飯，陳定粱選擇了附近一間義大利餐廳。

「我要肉醬義大利麵。」他跟侍應說。

我差點反胃。

陳定粱吃肉醬義大利麵吃得津津有味。

「我昨天晚上碰到我前妻。」陳定粱說。

「你們真是有緣。」我說。

「她懷孕了，肚子隆起。」陳定梁用手比劃著。

「你是高興還是失意？」我從他臉上看不出來。

「當然是高興，不過也很失意。她跟我一起五年，連蛋也不曾下過一只，跟現在的丈夫結婚不久，便懷孕了。」他苦笑。

「你很喜歡小孩子嗎？」

「不喜歡，而且還很害怕。」

「那你有什麼好妒忌的！」

「她跟別人生孩子嘛！」

「你得不到的東西，別人也休想得到，對不對？」我諷刺他。

「你不是這樣的嗎？」他反過來問我。

「我沒有這種經驗。」我說。

「你是賣內衣的嗎？」他問我。

「你想買來送給人？」

「有沒有特別為孕婦設計的內衣？」

「有特別為孕婦而製造的內褲，因為她們的肚子大，穿不下一般內褲。一般懷孕婦女也要換過一些尺碼較大的胸罩，因為她們的乳房會膨脹，舊的不合身，到生了孩子之後，胸部可能會鬆弛，便要用質料比較硬的胸罩，生產完之後肚皮鬆弛，也要穿上特別的束腰收肚。所以一位顧客一旦懷孕，我們便有生意可做了。」我說。

「原來是這樣，做女人真辛苦。」

「你為什麼對孕婦那麼有興趣？你對前妻仍然念念不忘，對嗎？」

「不是，只是我看到她懷孕，感覺很奇怪，我們曾經睡在一起，我熟悉她的裸體，自然對於她的身體的變化很好奇，也很關心。」

「男人都是這樣的嗎？分手了，仍然想念她的身體？」

「不是每一個女人的身體他都會想念的。」陳定粱說。

「不是對她念念不忘，卻又想念她的身體，這個我不明白。」

「男人可能沒有愛過一個女人，卻仍然會回憶她的身體，只要她的身體曾經令他快樂。」

「如果像你所說的，男人的回憶可以只有性，沒有愛。」我說。

「難道女人不是這樣？」他反問我。

「女人的回憶必須有愛。」我說。

「說謊！」他冷笑。

「你憑什麼說我說謊？」我不滿。

「女人難道不會回憶和男人的某一場性愛？」

「那是因為她愛那個男人。」我強調。

「回憶一場性愛就是一場性愛，不應該有其他因素。」

陳定梁這個人真可怕，他很自信，也很相信自己對女人的了解能力。女人當然會單單回憶某一場性愛，但要女人親自承認這一點，是太難了。

「是一個女人告訴我的。」陳定梁說。

「她說她回憶你和她的一場性愛，卻不愛你嗎？」我挖苦他。

「你很愛嘲弄人。」陳定梁沒奈我何。

「這是我的特長。」我得意地說。

陳定梁駕著他的吉普車送我回家。

「宇無過第二本書什麼時候出版？我答應過替他設計封面的。」陳定梁跟我說。

「他去了美國修讀一個短期課程，他和徐玉有一點問題，不過現在應該沒事了。」

「是什麼問題？」他問我。

「每一對男女都有問題的啦！」

「說得也是。」他笑笑說。

「開吉普車好玩嗎？」我看到他一副很陶醉的樣子。

「你有沒有駕駛執照？」他問我。

「有，是五年前考到的，已經續了一次牌，但從來沒有開過車。」

「你要不要試試開這輛車？」他問我。

「不，我不行的，我已經忘了怎樣開車。」

「你有駕駛執照就不用怕！」陳定粱把車停在路邊。

「來，由你來開車。」

「不！不！不！」我連忙拒絕。

「來！來！來！不用怕，我坐在你旁邊。」陳定粱打開車門不斷遊說我下車。

我大著膽子坐在司機位上。

「你記得怎樣開車嗎？」陳定粱問我。

我點頭。

「好！開始！」

我換檔、踏油門絕塵而去，一路順風。

「不錯啊！」他稱讚我，「可以開快點。」

我踩盡油門，在公路上飛馳，不知怎的，整輛車翻轉了。

我和陳定粱倒懸在車廂裡。

「怎麼辦？」我問他。

「當然是爬出去，你行嗎？」他問我。

我點頭，開門爬出去，我小時候常常做倒立，所以倒掛著出去也不覺得困難。最尷尬的反而是我穿了一條裙子，倒懸的時候，裙子翻起來，露出整條腿，讓陳定梁看到了，他也許還看到了我的內褲。

陳定梁爬出了車，再協助我爬出車。

「我們竟然沒有受傷，真是奇蹟。」陳定梁說。

我和陳定梁合力把吉普車翻轉。

「這回由我開車好了。」陳定梁說。

「真是奇怪，我們在同一天翻車。」我說。

「有什麼奇怪？我們坐在同一輛車上。」

「我意思是說，我們同月同日生。」

「你跟我同月同日生？」他驚訝。

「是啊！十一月三日，同月同日。」

「竟然這麼巧合。」他一邊開車一邊說。

車子到了我的家。

「我到了，謝謝你送我回來，修車的費用，由我來負擔好了。」我說。
「如果還能開的話，我不會拿去修理，這輛車本來就滿身傷痕，像我。」他苦笑。
「再見。」我說。
「再見，真不想這麼快跟你分手。」陳定粱說了這句話，便開車離去。
我沒機會看到他的表情，但他大概更不想看到我的表情，我很驚愕，他說出這樣一句話。
回到家裡，我在鏡中看看自己，今夜的我竟然神采飛揚，原來女人是需要被仰慕的。
咦，我的項鍊呢？森送給我的項鍊我明明掛在脖子上的，一定是翻車的時候掉了。
我連忙走到樓下，陳定粱的車已經去得無影無蹤了，那條項鍊到底掉在車廂裡，還是掉在翻車的地方呢？我發現我原來沒有陳定粱的傳呼機號碼。在街上茫然若失，正想回去的時候，陳定粱竟然開車回來。
「是不是想找這個？」他調低車窗，伸手出來，手上拿著我的蠍子項鍊。
「噢！謝謝你。」我歡天喜地接過項鍊。
「我在車廂裡發現的。」他說。
「我還以為掉在翻車的地方。」我把項鍊掛在脖子上。
「謝謝你，再見。」我跟他說。
「再見。」他說。

我走進大廈裡，他還沒有開車。

「你還不開車？」我問他。

他這時才猛然醒覺似的跟我揮手道別。

我心裡出現的第一個問題是：「怎麼辦？」

我沒有打算接受陳定粱，但仍然不知道怎麼辦，原來拒絕一個人也是很困難的。也許他並不是愛上我，只是今夜太寂寞，很想有一個女人和他溫存，而碰巧我是一個賣內衣的女人，他又錯誤地以為賣內衣的女人很開放，於是想試一下我會不會跟他上床。

我打電話給徐玉，想把這件事情告訴她，她卻搶著說：「宇無過回來了。」

「宇無過就在身邊，我讓他跟你說。」徐玉把電話筒交給宇無過。

「周蕊，你好嗎？」宇無過的聲音很愉快。

「很好，你呢？你剛剛回來的嗎？」我問他。

「我惦念著徐玉。」他坦率地說。

徐玉搶過電話跟我說：「他回來也不通知我一聲，嚇了我一跳。我們去吃消夜，你來不來？」

「不來了，不便妨礙你們久別重逢啊！」

「你找我有什麼事？」徐玉問我。

「不要緊的。明天再跟你說。」

我掛了線，悲從中來，為什麼徐玉和宇無過可以那樣自由地在一起，而我和森卻不可以？我只好相信，我和森的愛情比起宇無過和徐玉那一段，甚至比起塵世裡任何一段愛情都要深刻和難得，只有這樣，我才可以忍受無法和他結合的痛苦。

我把蠍子項鍊放在溫水裡洗滌，如果我是蠍子就好了，只要夠狠夠毒，我會想出許多方法從那個女人手上把森搶過來，可是，我辦不到，有良心的女人，其實都不該做第三者。

第二天晚上，徐玉找我吃飯，她說宇無過要謝謝我替他照顧她。我們在一間韓國餐廳吃飯，宇無過比起去美國之前健康得多，就像我最初認識他的時候一樣。他的打扮依然沒有多大進步，仍然穿著一雙運動鞋，只是換了一個背包。他沒有神經病，也算幸運。

「周蕊想知道蜂鳥為什麼可以倒退飛？」徐玉跟宇無過說。那是宇無過寫給徐玉的信上提及過的。

「因為蜂鳥的翅膀比較獨特。」宇無過說。

「怎樣獨特？」我問他。

宇無過說：「蜂鳥的翅膀平均每秒搏動五十次以上，因為速度如此快，所以可以在空中戛然停止，前進或後退。即使在平時的直線飛行，蜂鳥的翅膀也可以每秒搏動三十次，時速約五十至六十五公里，麻雀的時速只得二十至三十公里。」

「原來如此。」我說。

「其實倒退飛並沒有什麼用處。」宇無過說。

「為什麼？」徐玉問宇無過。

「人也用不著倒退走，若想回到原來的地方，只要轉身向前走就行了。」宇無過說。

「可是，人是不能回到原來的地方的，思想可以倒退飛，身體卻不可以。」我說。

「我寧願不要倒退。」徐玉把手放在宇無過的大腿上說，「如果宇無過像去美國之前那樣，不是很可怕嗎？」

「那段日子的你真的很嚇人。」我跟宇無過說。

他吃吃地笑。

「香港好像沒有蜂鳥。」我說。

「蜂鳥多數分布在南北美洲一帶，總數約有三百多種。」宇無過告訴我。

「能找到蜂鳥的標本嗎？」我問他。

「你想要？」他問我。

「你為什麼對蜂鳥那麼有興趣？」徐玉不解地望著我。

「因為那是塵世裡唯一的。」我說。

「我在美國認識一位朋友，他對鳥類很有研究的，我試試問問他。」宇無過說。

「謝謝你。你有想過寫一個蜂鳥的故事嗎？」我跟宇無過說。

「科幻故事？」

「一個男人，化成蜂鳥，一直倒退飛，飛到從前，跟一個本來不可以結合的女人結合……」我說。

情人眼裡出A級

女人都相信
自己所愛的男人是A級的，
是第一流的，
但最後往往悲痛地發現——
A級的愛情方是世上最難求的。

我和森在家裡吃飯，我發現他戴了一只我從沒有見過的手錶，這件事情令我很不安，森也發現我一直盯著他的手錶。

「我自己買的。」他說。

「我又沒有問你。」我故作不在意。

「但你一直盯著我的手錶。」他笑說。

「是嗎？」

「是十多年前買的，最近再拿出來戴。」

「是嗎？」我裝作不關心。

「不然你以為是誰送給我的？」

「我不知道。」

「除了你，不會有別的女人送東西給我了。」他把手放在我的肩膀上。

我突然覺得很悲涼，因為我不是他身邊唯一的一個女人，所以連一只手錶我也諸多聯想，不肯放過。

「我並不想盯著你的手錶。」我哭著說。

「不要哭。」森拿出手帕替我抹眼淚。

「為什麼你總是在最快樂的時候流淚？我們現在在一起，不是應該開心才對嗎？」森惆悵地問我。

「或者你說得對，我應該開心，因為我不知道什麼時候再見不到你。」我說。

「除非我死了。」他說。

「我想再問你一次，你會不會離婚？」我突然有勇氣問森。

他沒有回答我。

凌晨三時，接到游穎的電話。

「你還沒有睡吧？」她問我。

「我睡不著。」我說。

「為什麼？」

也許是太需要安慰了，游穎又是我的兒時好友，於是我把我和森的事告訴她。

「我沒想到——」她黯然說。

「沒想到我會做第三者？」

「雖然不至於認為你將來會做賢妻良母，的確也沒想到你做了第三者。我記得在我搬走之前，你是一個很獨立的女孩子。」

「就是獨立的女人才會成為第三者啊！因為個性獨立，所以可以忍受寂寞，個性稍微依賴一點的，還是做正室好了。」我笑說。

「那我應該做正室還是第三者？」游穎反問我。

「你——真的很難說，但看情形，你該是正室啊，且是未來律師太太。大海呢？」

「他在房裡睡著了，我在廚房裡打電話給你。」

「廚房？」

「剛才睡不著，想找東西吃，來到廚房，又不想吃了，想打電話給你。」游穎滿懷心事。

「有什麼事嗎？」我問她。

「我在大海的車廂裡嗅到另一種香水的氣味。」

「另一種香水？」

「我用的是香奈兒五號，那種香水該是克莉絲汀•迪奧。」

「那你怎麼做？」

「我問大海，哪一種香水比較香。」游穎在電話裡大笑。

「你這麼大方？」我奇怪。

「我也奇怪自己這麼大方，是不是我已經不愛他？」

「那大海怎樣回答你？」

「他說不明白我說什麼。」

「那個奧莉花・胡是不是用克莉絲汀・迪奧的?」我問游穎。

「不是，她用三宅一生的。」

「那麼，也許是大海順路送一個女人一程，而那個女人剛好又用克莉絲汀・迪奧呢。」

我安慰她。

「我也這樣安慰自己。」

「鼻子太靈敏也是個缺點。」我笑說。

「是啊!如果不是嗅到香水的氣味，今天便不會睡不著。」

「你不知道我多麼羨慕你，你和大海可以一起生活，應該好好珍惜啊，不要懷疑他。」

「如果你和唐文森可以一起生活，也許你也會有懷恨他的時候。」游穎說。

也許游穎說得對，我經常渴望可以跟森共同生活，卻沒想到，今天我們相愛，愛得那樣深，正是因為我們不能一起生活。一旦朝夕相對，生活便變成惱人的一連串瑣事。

「你們為什麼還不結婚?結了婚，你會安心一點。」我說。

「很久以前，他提出過。這兩年，都沒有提過，他不提，我也不會提。或許很多人覺得我傻，既然跟他一起七年，便有足夠理由要他娶我，我不喜歡威脅人，我希望是他心甘情願娶我，而不是因為虛耗了我的歲月，所以娶我。這兩者之間，是有分別的。而且，我好像不像從前那麼愛大海了。」

「你不是很緊張他的嗎？」

「或許我們只是習慣了一起生活，不想重新適應另一個人。」

「我認為你比從前更愛他。」我說。

「為什麼你這樣認為？」游穎問我。

「就是因為越來越愛一個人，也就越來越害怕失去他，自己受不了這種壓力，於是告訴自己，我也不是很愛他。這樣想的話，萬一失去他，也不會太傷心。」

她沉默了十秒鐘。

我急忙安慰游穎：「是不是我說錯了話？」

她倒抽一口氣說：「我只是秘書，我再努力，也只是個秘書，不會有自己的事業；但大海的事業如日中天，我不是妒忌他，兩個親密的人是不應該妒忌的，我只是覺得很沒有安全感，他的將來一片光明，而我已到了盡頭。」

我終於明白游穎不快樂的原因，她既想大海事業有成，可是，也害怕他事業有成之後，彼此有了距離。

三天之後，常大海在我的內衣店出現。

我對於他的出現有點兒奇怪。

「我想買一份禮物送給游穎。」常大海說。
「原來如此。」我笑說。看來他們的關係還是不錯。
「她近來買了很多這個牌子的內衣，我想她很喜歡這個牌子吧。」
「我拿幾件最漂亮的讓你挑。」
我拿了幾件漂亮的真絲吊帶睡衣讓常大海挑選。他很快便選了一件粉紅色的，果然有律師本色，決斷英明。
「游穎呢？」我問他。
「她約了朋友吃午飯，你有時間嗎？一起吃午飯好不好？」常大海問我。
「不怕讓游穎看到誤會我們嗎？」我笑說。
「她不吃醋的。」
他真是不了解游穎，她不知吃醋吃得多厲害。
我跟常大海去吃四川菜。
「游穎近來是不是有心事？」常大海問我。
「我看不出來呀。」我說。我不想把游穎的事告訴他。
常大海點了一根菸，挨在椅子上跟我說：「我是很愛她的。」
我很奇怪常大海為什麼要向我表白他對游穎的愛。不管如何，一個男人能夠如此坦率地在第三者面前表達他對女朋友的愛，總是令人感動的。我想，游穎的不快樂，在這一刻來說，也許是多餘的。他們雖然相戀七年，卻好像不了解對方，他不知道她吃醋，她也不知道他如此愛她。這兩個人到底是怎樣溝通的？

「你為什麼要告訴我？」我問常大海。

「你是她的兒時好友，她向來沒有什麼朋友。」常大海說。

「你想我告訴她嗎？」我想知道常大海是不是想我把他的意思轉達給游穎知道。

常大海搖頭說：「我有勇氣告訴你我很愛她，但沒有勇氣告訴她。」

「為什麼？」我不大明白。

「她是那種令你很難開口說愛她的女人。」

我還是第一次聽到有一種女人被男人愛著，卻令男人不想表白。

「你是說她不值得被愛？」

「不。」常大海在想該用什麼適當的字眼表達他的意思，他對用字大概很講究，就像是在法庭上一樣，他想說得盡量準確。

「就像有些律師，你不會對他說真話，因為你不知道他會怎樣想，甚至不知道他是否相信你的真話。」常大海終於想到怎樣解釋。

「你以為她不會相信你愛她？」

「她似乎不是太緊張我。」常大海終於說得清楚明白。

我不禁失笑：「據我所知，她是很緊張你的。」

如果常大海知道游穎曾經為他想過隆胸，他就不會再說游穎不緊張他了。

「她這樣對你說？」常大海似乎很高興。

「總之我知道，你們大家都緊張對方。」

「但她總是好像什麼都不緊張。」常大海說。

我終於想到了，常大海說的，可能是香水那件事。

「你是說她在車廂裡嗅到另一種香水的味道，不單沒有質問你，反而大方地問你，哪一種香水比較香？」我問常大海。

「她告訴你了？」

我點頭。

「她的表現是不是跟一般女人不同？」常大海說。

「那麼，那種香味是誰留下來的？」

「我順道送一位女檢察官一程，那種香味大概是她留下來的。」

我猜對了。

「吃醋不一定是緊張一個人的表現。」我說。游穎表面上不吃醋，其實是害怕讓常大海知道她吃醋。

「可是，不吃醋也就很難讓人了解。」常大海苦笑。

離開餐廳之後，我和常大海沿著行人天橋走，我一直以為只要兩個人都愛對方，就可以好好的生活，原來不是這樣的。有些人，心裡愛著對方，卻不懂得表達。

我和常大海一起走下天橋，一個男人捧著幾匹顏色鮮豔的絲綢走上天橋，在人來人往的天橋上顯得十分矚目。這個人突然停在我面前，原來是陳定粱。

「是你？」我驚訝。

陳定粱的反應有點兒尷尬，他大概以為常大海是我的男朋友，所以正在猶豫該不該跟我打招呼。

「你遇到朋友，我先走了。」常大海跟我說。

「你要去哪裡？」我問陳定粱。

「那人是你男朋友？」他問我。

我笑笑沒有回答，我認為我無須告訴陳定粱常大海是不是我男朋友，他要誤會，就由得他誤會好了，用常大海來戲弄他，也是滿好玩的。

「這幾匹布很漂亮。」我用手摸摸陳定粱捧在手上的一匹布，「料子很舒服。」

「是呀，這是上等布料。」

「用來做衣服？」

陳定粱點頭。

我記得陳定粱是在成衣集團裡當設計師的，怎麼會替人做起衣服來？

「我換公司了，自己做設計，生產自己的牌子。」

「恭喜你。」我跟陳定粱握手。

他雙手捧著布匹，沒法空出一隻手跟我握手。

「我還有時間，你要去哪裡？我替你拿一匹布。」我說。

「很重的啊！」陳定粱邊說邊把最大的一匹布交到我手上。

「你——你竟然把這匹布交給我？」我怪他不夠體貼。

他頑皮地笑起來：「男人做得到的事，女人也該做得到。」

我捧著那匹沉重的布跟在他身後。

「你要去哪裡？」我問他。

「快到了。」他走入一個商場。

他的店就在接近上環的一個商場內的一個小鋪位，只有幾百呎地方。

「這就是你的店？」我覺得這個地方實在委屈了他。

「我從前的辦公室有海景，這個辦公室有商場景。」他自嘲說。

「上次見面沒聽說你自己創業。」我說。

「剛才那個不是你的男朋友。」陳定粱接過我手上的布匹說。

「你怎麼知道？」

「你們的眼神不像一對情侶。」

「情侶的眼神也不是永遠一致的。他是我朋友的男朋友。這裡只有你一個人？」

「我還有一個拍檔。」

「我是不是應該光顧你做一件衣服呢？當作賀你新店開張。」我說。

「當然歡迎，你想做一件什麼樣的衣服？」

「剎那間想不到。」

「由我來做主吧，我知道你穿什麼衣服好看。」

「我穿什麼衣服好看？」我好奇地問他。

「你看到衣服後便會知道。」

我氣結。

「什麼時候做好？」

「做好之後我會告訴你。」

「你對其他客人不會是這樣的吧？」

「我會給她們一個完成的日期。」

「為什麼我沒有？」

「可能是我比較用心做呢！所以不要問我什麼時候做好。」

「謝謝你。」他欣然接受。

晚上，我跟徐玉和游穎一起吃飯。

「常大海今天找過我。」我跟游穎說。

游穎有點愕然：「他找你有什麼事？」

「他跟我說他很愛你。」

游穎表情很奇怪，先是愕然，然後笑容越來越甜。

「他為什麼要告訴你？」游穎問我。

「因為他告訴你的話，你不會相信，你別說是我告訴你的，我答應不說的。」

「他從來沒有告訴我。」游穎說。

「你也從來沒有告訴他你愛他，對不對？」我問游穎。

游穎無言。

「你沒有說過你愛他？」徐玉驚訝，「你們一起七年啊！」

「有些話是不用說出口的。」游穎說。

「我時常告訴宇無過我愛他。」徐玉說。

「這句話很難說出口吧？」游穎堅持，「我從來沒有對男人說過我愛他。」

「常大海是很想聽你說的。」我說。

「是嗎？那他為什麼不先跟我說？」

我真是服了游穎，這句話總得有一個人先開口吧，難道要等到死別那一刻才說？我不會吝嗇這句話。

「你怕輸。」我跟游穎說。

「如果你先跟男人說我愛你，他就會認為你很愛他，你愛他比他愛你更多，那就好像你輸了。你是這樣想，對不對？」我問游穎。

「男人是這樣的，如果你跟他說你愛他，他就不會跟你說他愛你。」游穎說。

「為什麼不會？」徐玉說。

「男人知道你愛他，就不會再開口說愛你了，因為他已經處於上風，男人只會在自信心不夠的時候才會對女人說『我愛你』。」游穎說。

或許我都忘記了，游穎是一個很怕輸的人，小時候，她怎麼也不肯跟我比賽跳繩，因為她知道一定會輸給我。

「由於不想處於下風，所以你也裝作不吃醋，對不對？」我問游穎。

「為什麼要讓他知道我吃醋？大海不喜歡吃醋的女人。」游穎說。

「你不吃醋，他會以為你不緊張他。」我說。

「還說我不緊張他？」游穎生氣。

「我知道你就是緊張他，所以不敢吃醋，可是男人呢，心思沒有女人那麼細密，他不會知道你的苦心。」我說。

「為什麼你和大海好像作戰似的，大家都穿上盔甲？」徐玉忍不住問游穎。

「如果是盔甲，都穿了七年，但我們很好啊！」游穎顯然很執著。

我開始擔心游穎和大海，他們一起七年了，坦白的程度原來那麼有限，大家都緊張對方，偏偏都裝作不緊張，任何一方都不肯先認輸，這種關係是很危險的。

我跟徐玉和游穎分手，回到家裡，已是晚上十二時。森打電話給我。

「你在哪裡？」我問他。

「在公司裡。」

「如果我現在跟你說我愛你，你會不會認為自己處於上風？」我問他。

「怎麼會呢？」他反問我。

「真的不會？」

「你不相信的話，你現在說你愛我。」

「我才不會說，你先說！」

「我旁邊有人啊！」他說。

「那你為什麼打電話給我？」

「我掛念你。」

在這一個晚上，這一聲「掛念你」好像來得特別溫柔和動人，我覺得我們畢竟比游穎和大海幸福，他們可以住在一起，卻各懷心事。我的心事，森都知道。他的心事，我唯一不知道的，是他對太太的真實感情。

「你說掛念我，我會飄飄然的，你現在處於下風了。」我戲弄他。

「我經常是處於下風的。」他說得怪可憐的。

「我給你牽著鼻子走，你還說自己處於下風？」我不滿他。

「你隨時會離開我。」他說。

「你也是隨時會離開我，我不過是你生命中的過客罷了。」我難過地說。

「我沒有把你當作過客。」

我知道森並沒有把我當作過客，我只是覺得我的身分最終也不過是一個過客。我以前不知道名分對一個女人的重要，遇上森，我才發現名分也是很重要的，單有愛情是不夠的。我開始明白為什麼有些女人沒有愛情，仍然握著名分不肯放手。既然沒有愛情了，名分也死要抓住，一天保住名分，始終還是他的人，還有機會等他回來。一個男人對女人最大的歉疚，也許是不能給她名分，所以他用許多愛來贖罪。

「你那樣愛我，是不是因為內疚？你用不著內疚，因為那是我咎由自取。」我說。

「如果不愛一個人，又怎會內疚呢？」森說。

森掛了線，我泡了一個熱水浴，浴後竟然整夜睡不著，在床上輾轉反側。森說，沒有愛，就不會內疚，是先有愛，還是先有內疚呢？他對妻子也內疚，那是因為他曾經愛過她嗎？

凌晨三時多，樓下傳來一陣陣蛋糕的香味，郭小姐通常在早上七時才開始烤蛋糕，為什麼這個時候會傳來烤蛋糕的香味呢？我穿上衣服，走下去看看。

我在蛋糕店外拍門，不一會兒，郭小姐來開門，她的頭髮有點亂，樣子很憔悴，臉上的口紅也化開了，她平時打扮得很整齊的。

「周小姐，你還沒有睡嗎？」她問我。

「我睡不著，又嗅到蛋糕的香味。」我說。

「對不起，我不該在這個時候烤蛋糕，但我不知道有什麼事情可以做，我也睡不著。」她滿懷心事，「既然你也睡不著，進來喝杯茶好嗎？蛋糕也快烤好了。」

「好呀！」我實在抵受不住蛋糕的誘惑，「蛋糕不是有人預訂了的嗎？」

「不，是我自己烤的，你來看看！」

她帶我到廚房，從烤爐拿出一個剛剛烤好的蛋糕，是一個很漂亮的芒果蛋糕。我試了一口，蛋糕很美味。

「郭小姐，這個蛋糕很好吃。」我稱讚她。

「你別叫我郭小姐，我的朋友都叫我郭筍。」

「筍？竹筍的筍？」我奇怪。

「我爸爸喜歡吃筍，所以叫我作筍。」

「郭筍這名字很特別。」

「筍有一個好處，就是一年四季都可以吃到，我自己也很喜歡吃筍。」

「你為什麼會賣起蛋糕來的？」我問她。

「我跟我媽媽學的，她是家庭主婦，但烹飪很出色，她烤的蛋糕遠近馳名，我現在還比不上她呢。我十八歲便從印尼嫁來香港，生了一個兒子，一個女兒，一直沒有工作，我實在吃不慣香港的蛋糕，心血來潮，便自己賣起蛋糕來，經營這間小店也挺辛苦啊！原來以前做少奶奶是很舒服的。」郭筍用手搥搥自己的肩膀。

「我來幫你。」我站在她身後，替她按摩肩膀。

「謝謝你。」

「你丈夫不反對你出來工作嗎？」

「我們離婚了。」

「對不起。」

「不要緊，這段婚姻除了給我一兒一女之外，還有一筆可觀的贍養費，即使什麼也不做，也不用擔心晚年。」

「你的兒女呢？」

「兒子在英國，女兒在美國，都有自己的生活。」

「真可惜，他們不能經常吃到你做的蛋糕。」

「你知道我為什麼離婚嗎？」郭筍問我。

「是不是有第三者？」

郭筍點頭：「她比我丈夫年輕二十年，第一次見到她，我自己也嚇了一跳，她長得跟我很相似，唯一不同的是，她是我的年輕版本。那一刻，我竟然覺得安慰，我丈夫愛上她，證明他曾經深深愛過我，他選了一個和他太太一模一樣的人。」

我和森的太太會長得相似嗎？這是我經常懷疑，也渴望知道的。

「我年輕的時候身材很迷人！」郭筍陶醉在回憶裡。

「我看得出來。」我說。

「我也有過小蠻腰。」她說。

我差點把嘴裡的茶吐了出來，郭筍這句由衷之言真是太好笑了。我正想掩飾我的笑容，郭筍自己卻首先笑出來。

「真的，我也有過小蠻腰。」她站起來，雙手扠著腰說：「我未結婚之前，腰圍只有二十二吋，生了第一個孩子，還可以保持二十六吋，生了第二個孩子，就每下愈況了。」

「我從未試過擁有二十二吋腰，最瘦的時候也只有二十三吋。」我說。

郭筍用手去捏自己腰部的兩團贅肉：「我的腰也像往事一樣，一去不回了，真正是往事只能回味。」

「相信我，你的腰不算很粗。」我看她的腰大概也是三十吋左右。

「真的嗎？」郭筍問我。

「你的胸部很豐滿，所以腰肢看來並不粗，你的樣子很福氣呢。」我想郭筍年輕時穿起旗袍一定很風騷。

「胸部？不要說了，已經垂到腰部，現在這個樣子，只是騙人的。」郭筍苦澀地笑。

她這麼坦白，我不知道怎樣安慰她。

「離婚之後，我交過兩個男朋友，但每次到最後關頭，我都逃避。」郭筍說。

「最後關頭？」

「親熱之前。我在他們想和我親熱之前就跟他們分手。」

「為什麼？」

「我不想讓他們看到我鬆弛的身體，我怕他們會走。今天晚上，那個男人走了。」郭筍沮喪地說。

「你等我一會——」

我跑上樓，拿了自己的名片，再回到蛋糕店。

「這是我的名片，你明天來找我。」我跟郭筍說。

第二天下午，郭筍果然來到內衣店，我在試衣間內看到她的肉體。郭筍的體型並沒有她自己說的那麼糟，她的皮膚光滑雪白，在這個年紀，算是難得的了。她用三十六B，乳房是下垂，不過不至於垂到腰部，大概是胃部吧。

「我以前是用三十六A的。」郭筍說。

從A變B，原來也不是好事，三十六A的徐玉，會不會有一天變成三十六B？

腰的問題很容易解決，只要用束腰便可以收窄三吋。

我發現郭筍最大的問題是肚皮鬆弛及有很多皺紋，那塊鬆弛的肚皮隨著它主人轉左便轉左，轉右便轉右。它主人俯下時，它也俯下。

「如果可以，我真想割走這塊肚皮。」郭筍悻悻然說。

我叫郭筍試穿一套新的胸罩、束腰和短束褲，我出盡力才將束腰的扣子全扣上。

「這是束得最厲害的一套，可以選擇出席重要場合，或要穿緊身衣時才穿在裡面，平時可以穿一些不太緊的。」我說。

郭筍端詳鏡中的自己，現在的她，擁有三十六、二十七、三十六的身段，全身的肌肉都藏在內衣裡。

「真是神奇！」郭筍望著鏡子嘆息，「為什麼可以這樣？」

「全是鋼絲和橡膠的功勞。」我說。

「橡膠和鋼絲真是偉大發明！」郭筍讚嘆。

「原來一個好身材的女人是由許多鋼絲造成的！」郭筍一邊付錢一邊說。

「我等你的好消息。」我說。

這天是最後一課的時裝設計課，這一課之後，這個課程便結束。班上十幾位同學早就約好今天晚上請陳定粱吃飯，並且一起狂歡。

晚飯之後，我們到灣仔一間迪斯可消遣。有人起鬨要陳定粱唱歌。

「我只會唱〈I will wait for you〉。」陳定粱嘻皮笑臉對著我說。

「歌譜裡沒有這首歌。」我說。

「那我們去跳舞，賞臉嗎？」他跟我說。

我們一起走到舞池，陳定粱不大懂得跳舞，只懂得搖擺身體。

「你很少跳舞吧？」我問他。
他拉著我的手，把我拉到舞池中央才放手。
「同月同日生的人會有機會做情侶嗎？」他問我。
我明白陳定粱的意思。如果沒有唐文森，或許我會給陳定粱一個機會，我不想辜負森。如果我和森之間，必須有一個人辜負對方，讓森辜負我好了。
「同年同月同日生的人也不一定做得成情侶，大部分的情侶都不是同年同月同日生的。」我說。
「只是他們很少機會遇上跟自己同年同月同日生的人罷了。兩個人同月同日生的機率是十三萬三千二百二十五分之一。」陳定粱說。
「那我們真是有緣！」我說，「但願不要同年同月同日死。」
陳定粱給我氣得不知道說什麼好。
「你說過替宇無過設計新書封面的，他回來了。」我轉換一個話題。
「是嗎？你叫他隨時找我。」陳定粱說。
「我的新衣呢？什麼時候做好？」我問他。
「還沒有開始，我說過不要催促我。」
我突然轉換話題，他好像有點意興闌珊。他沒有向我示愛，我總不成告訴他我有男朋友吧。森的身分特殊，我不想提及他，我有一種很奇怪的擔心，我害怕有人認識森的家人或森的太太或家人，於是他們輾轉知道我和森的事。雖然這個機會很渺茫，我還是不想讓它發生。

陳定粱拉了班上另外兩個女孩子跳舞，他跟她們玩得很開心，他好像故意要我妒忌似的，可惜我並不妒忌，明知他不喜歡她們，我為什麼要妒忌？

離開迪斯可時，陳定粱依然和那兩個女孩子講得興高采烈，有人提議去吃消夜。

「我明天還要上班，我不去了。」我說。

「我也不去。」陳定粱情深款款地望著我。

我突然很害怕，看到一輛計程車駛來，我跟大夥兒說：「計程車來了，再見。」

我跳上計程車，不敢回頭望陳定粱。

差不多每一次下課之後，我也是坐陳定粱的順風車回家，剛才他不去吃消夜，可能也是想送我回家，我突然跳上一輛計程車，他一定很錯愕，而且知道我在逃避他。

下車後，我匆匆跑回家裡，彷彿回到家裡才覺得安全。我想打電話給森，告訴他，有一個人喜歡我，並打算追求我，而我很害怕。可是，這天晚上，這個時候，他應該在自己家裡，睡在另一個女人身旁。

我開始明白，不忠的人是可憐的，他們不是故意不忠，他們是害怕寂寞。要很多很多的愛才可以令一個人對另一個人忠貞。若我沒有這許多愛，我一定忍受不了寂寞。

第二天早上，森打電話給我，我沒有把前一天晚上發生的事告訴他，他一定不會喜歡我經常坐一個男人的順風車回家，而且這個男人還向我示愛。

十月的頭一個週三晚上，森買了大閘蟹來。

「我不會弄大閘蟹。」我說。

「誰叫你弄？我來弄給你吃，你什麼也不用做。」

他興致勃勃地走進廚房洗大閘蟹。

「慢著——」我說。

「什麼事？」

「要先穿上圍裙。」

我拿出一條紅色鑲花邊的女裝圍裙給他，是遷居前買的，我只穿過幾次。

「這條圍裙不大適合我吧？」他不肯穿。

「怕什麼？我要你穿。」我強迫他穿上圍裙。

森穿上圍裙的樣子很滑稽，我忍不住大笑。我還是第一次看到他穿圍裙，穿上圍裙的森，才好像真真正正屬於這個家。

「你今天晚上不要脫下圍裙。」我擁著他說。

「不准脫下圍裙？我這樣子很不自然。」

「我喜歡你這樣。」我撒野。

大閘蟹蒸好了，森小心翼翼地為我打開蟹蓋，金黃色的蟹黃滿溢。

「我替你挑出蟹腮，這個部分很骯髒，不能吃的。」森挑出一副蟹腮扔掉。

吃完了蟹黃，剩下爪和腳，我不喜歡吃。

「為什麼不吃？」他問我。

「麻煩嘛！」我說。

森拿起一支吃蟹腳用的細叉仔細地為我挑出每一隻蟹腳裡的肉。他專心一意地挑蟹肉給我吃，卻忘了自己的那一隻蟹已經涼了。我看得很心酸。

「你不要對我這樣好。」我說。

森猛然抬頭，看到我眼裡有淚，用手背輕輕為我拭去眼淚，說：「別說傻話，蟹涼了，快吃。」

「這是你第一次煮東西給我吃。」我說。

「我就只會弄大閘蟹。」

「你為什麼要選擇今天晚上煮東西給我吃？」

他失笑：「今天下午經過國貨公司，看到大閘蟹很肥美，便買來一起吃，沒有特別原因，你又懷疑什麼？」

「還有一個月，我就三十歲了。」我嗚咽。

當我只有十六歲的時候，我以為三十歲是很遙遠的事，然而，三十歲卻來得那麼順理成章，迫近眉睫。一個女人到了三十歲，是否該為自己打算一下呢？我卻看不到我和森的將來。

「你說過到了三十歲就會離開我。」他說。

「不如你離開我吧。」我淒然說。

「我辦不到，我永遠不會離開你。」

「我討厭你！」我罵他。

「你為什麼討厭我？」

「誰叫我捨不得離開你？你會累死我的，有一天，你不要我，我就會變成一個又老又胖又沒有人要的女人。」

「你的身材仍然很好，三十歲還可以保持這種身材是很了不起的。」森抱著我說。

我給他氣得啼笑皆非：「是不是我的身材走下坡之後，你便不再要我？」

「當你的身材走下坡，我也已經變成一個禿頭的胖老頭了。」

「但願如此。」我倒在他的懷裡。

「告訴我，你喜歡什麼生日禮物？」他問我。

「你已經送了這間屋給我。」

「這間屋不是生日禮物。」

「如果你那天不陪我，什麼禮物我也不要，而且我永遠也不再見你。」我警告他。

「好兇啊！」他拉著我雙手。

「上次你生日，你也失蹤了，我不想再失望一次，我不想再嘗一次心如刀割的滋味。」

「我說過會陪你過生日的，過去的三年也是這樣。快告訴我，你喜歡什麼禮物？」

「我真的沒有想過，你喜歡買什麼便買什麼，我只要你陪我。」我伏在他的肩上，「我想在你的懷抱裡度過三十歲。」

「好的。」他答應我。

十一月二日，游穎和徐玉為我預祝生日，請我在銅鑼灣吃日本菜。

「三十歲生日快樂！」游穎跟我說。

「請你別提三十歲這個數字。」我懇求她。

「我三個月前就過了三十歲，終於輪到你！」游穎幸災樂禍。

「我還有一年零八個月。」徐玉一副慶幸的模樣。

她們買來了生日蛋糕，生日蛋糕竟是胸罩狀的，又是郭筍的傑作。

「這個蛋糕是三十四Ａ，實物原大。祝永遠堅挺！」徐玉說。

「我也祝你永遠堅挺，你負荷較重嘛！」我跟徐玉說。

「還有一小時就是午夜十二時，我們到哪裡慶祝好呢？」徐玉問我。

「去哪裡都可以，我開了大海的敞篷車來。」游穎說。

「大海有一輛敞篷車嗎？」徐玉問游穎。

常大海的德國製敞篷車是紫色車身加白色篷的，車牌是ＡＣ八一六六。

「ＡＣ不就是Ａ ＣＵＰ嗎？」我突然聯想到。

「這個車牌是他爸爸給他的，不是什麼幸運車牌，只是夠老罷了。你不說，我也想不起ＡＣ就是Ａ ＣＵＰ。」游穎說。

徐玉跳上車說：「三十二Ａ，開車。」

游穎坐上司機位，問我：「三十四Ａ，你要去哪裡迎接三十歲？」

「我想去……去一個時間比香港慢一天的地方，那麼，今天午夜十二時後，我仍然是二十九歲。」我說。

「好像沒有一個地方是比香港慢整整一天的，最多也不過慢十八小時，夏威夷就是。還有一個地方，叫法屬波利尼西亞。」徐玉說。

「我們去法屬波利尼西亞！我要年輕十八小時！」我在車廂裡站起來說，「那裡剛好日出。」

「相信我，三十歲並不是最糟的。」游穎說，「三十歲還沒有男人才是最糟的。」

「我認為擁有三十吋腰比三十歲沒有男人更糟。」徐玉說。

「有什麼比三十吋胸更糟！」我說。

車子到了石澳。

「我去買一點東西。」徐玉跑進一間商店。

徐玉捧著一袋東西出來，興高采烈地告訴我：「我買到幾瓶法國礦泉水，我們到了法屬波利尼西亞。你年輕了十八小時！」

「太好了！」我說。

這個世界上，會不會有人真的為了年輕十八小時，而從一個地方飛到另一個地方呢？可是，從另一個地方回來的時候，不就立即老了十八小時嗎？偷回來的十八小時，也真是歡情太暫，很快就會打回原形了。

午夜十二時到了，我們開法國礦泉水慶祝，無論如何，三十歲還是來了。

「陳定粱不是跟你同月同日生的嗎？」徐玉忽然想起來，「要不要跟他說聲生日快樂？」

「他可能正跟別人慶祝生日。」

「他一定正在想念你。」游穎說。

「別提他了，我很害怕他呢。」我說。

「你別對他太絕情。」徐玉說，「我怕他不肯為宇無過設計封面呢。這是很重要的，他的書差不多寫好了。」

「好吧！為了你，我暫時拖延著他。」我笑說。

「如果女人的年歲也像胸罩尺碼就好了。」游穎說，「三十歲也分為三級，有三十歲A、三十歲B、三十歲C。三十歲可以過三年。」

「最好有A CUP。」徐玉說。

「唐文森送了什麼生日禮物給你？」游穎問我。

「要今天晚上才知道。」我說。

「唐文森對你真的很好。」

「大海對你就不好嗎？」

「有多少男人肯買一層樓送給女人，而那個女人又不是他太太？律師樓辦很多樓契，買樓給女朋友的男人真是少之又少，肯買的，也不肯一次付清，只是分期付款，一旦分手了，就停止供款。那些有錢的，讓情婦住幾千呎的豪宅，屋主卻是他名下的有限公司。我跟常大海現在住的這一層樓是聯名的，兩個人一起供的。」

「我是很感動的，森並不是千萬富翁，買樓的錢是他的血汗錢，是在巨大的工作壓力下賺回來的錢。」

「你對男人有什麼要求？」游穎問我。

「我希望我的男人是第一流的。」我說，「我要他是A級。」

「我的男人已是A級。」徐玉躺在沙灘上幸福地說。

「你給常大海什麼級數？」我問游穎。

「A-。」

「為什麼是A-？」我問游穎。

「如果有A-，我要給宇無過A+。」徐玉說。

「他還沒有向我求婚，所以只得A-。」游穎伏在沙灘上說。

「如果森不是已婚，我會給他A++。」我躺下來說。

「世上到底有沒有A級的男人呢？」游穎問。

「因為有女人愛他們，所以他們都變成A級了，情人眼中出A級嘛！」我說。

「常大海為什麼是A級？」徐玉問游穎。

「七年前的一天，我在法庭上看到他，便愛上了他。他在庭上光芒四射，那時，他不過是一個新入行的律師，我已給他A級。」游穎說。

「A級的男人配A CUP的女人，天衣無縫。」徐玉說。

「對，我不要B級，寧願一個人，也不願屈就一個B級的男人。」我說。

「你知道拿A是要付出很多努力的嗎？」游穎問我。
「沒有不勞而獲的。」我說，「想得到A級的男人，自己的表現最少也要有B級吧？」
「對。」徐玉說，「不戴胸罩，日子久了，胸部就下垂。同樣道理，不努力愛一個男人，便會失去他，不要奢望有奇蹟。」
「不。有些女人好像真的會不勞而獲，她們什麼也不用做，甚至不是很愛那個男人，那個男人卻對她如珠如寶。」游穎說，「有些女人即使很努力，卻事與願違。」
「所以說，努力而又得到回報已經是很幸福了。」我說。
「你不想結婚的嗎？」游穎問我。
「我想又怎樣？」
「你要無名無分跟他一生一世？」
「這也是一種奉獻。」我說。
游穎跟我碰樽：「為你偉大的奉獻乾杯！」
我們把泥沙倒進三個空的礦泉水瓶子，再在沙灘上挖一個很深的洞，把空瓶子放進去，然後蓋上泥沙。
「等你四十歲時，我們再來挖出這三個瓶子。」徐玉說。
「那時你也許帶著兩個小孩子來。你的乳房因為生產的緣故，比現在更大！」我取笑徐玉。

「你繼續為唐文森奉獻！」徐玉說。

「這是詛咒還是祝福？」我問她。

「四十歲，太可怕了！」游穎掩著臉說。

「無論你多麼害怕，那一天早晚都會來。」我說。

「我無論如何要抓住一個男人陪我過四十歲。」游穎說。

十一月三日早上九時，有人拍門，我去開門，是郭筍，她捧著一個玫瑰花形的蛋糕站在門外跟我說：「生日快樂！」

「是誰送的？」我驚訝。

「是唐先生。」郭筍說。

原來是森，我早就應該猜到。

「他什麼時候訂的？」我接過蛋糕。

「一個星期前。」

「這是我做給你的。」郭筍拿出一個精巧的小鐵罐給我。

「這是什麼東西？」

我打開蓋子，原來是曲奇餅，我吃了一塊。

「謝謝你，很好吃。」

「你男朋友很疼你啊，你們什麼時候結婚？」

「我才不嫁給他！」我故意裝出一副不想嫁的樣子。

「你呢？你有好消息沒有？」我問郭筍。

「還沒有啊！我這個年紀，要交男朋友，當然比你們困難得多了。不過遲些日子我的朋友請我去一個舊生會舞會，也許有豔遇也說不定。」

「那祝你好運！」

「我也祝你今天晚上玩得開心。」

郭筍走了之後，森打電話來。

「蛋糕很漂亮啊！」我說，「是不是有了蛋糕就沒有花？」

「你想要花嗎？」

「我想你扮成一朵花來見我。」我說。

「哪有這麼大朵花？我頂多扮成一棵樹。」

這一夜，我等我的樹出現。

我換好衣服在家裡等森，森說下班後會打電話給我，然後接我去吃飯。

八時十分，森的電話還沒有來，他要在我的生日做些什麼？

九時四十分，電話終於響起。

「喂——」我接電話，心裡作了最壞打算，如果不是有什麼問題，他不可能現在才打電話給我。

「你在哪裡？」我問他。

「在醫院裡。」

「為什麼會在醫院裡？」我吃了一驚。

「她爸爸進了醫院，是舊病復發。」

「哦——」我並不相信他。

「這麼巧？」我諷刺他。

我期望他會給我一個很完美的答案，但他沒有。

「晚一點我再打電話給你。」他說。

「不用了。」我擲下電話。

為什麼一切不能挪後一天？他總要在今天傷我？

我以為我會狠狠地哭一場，可是我不想哭，我很想報復，報復他這樣對我。不是有一個男人跟我同月同日生的嗎？而且他喜歡我呢！我找到陳定粱的傳呼機號碼，如果他正在跟別的朋友慶祝生日，我大可以跟他說聲生日快樂就掛電話。不過，在晚上九時多從家裡打出這個電話跟他說生日快樂，他一定會懷疑我。就由得他懷疑吧，我只想報復。

陳定梁沒有覆機，男人都是在女人需要他的時候失蹤的。

晚上十二時，電話響起，不知道是陳定梁還是森，森說過會晚一點再打電話給我的，我不想聽到他的聲音，反正我的生日已經過了。我的三十歲生日就這樣度過。在這間森買的屋子裡的我，不過是他的一隻金絲雀，而我自己竟然一直沒有醒覺。

電話又再響起，我站在窗前，街上並沒有我期待的男人出現。

電話的鈴聲終於停下來，那最後的一下響聲，竟有些淒然而止的味道，那不會是陳定梁打來的，一定是森。如果他天亮之前趕來見我，我還會開門讓他進來，這是我的底線了。可是，天亮了，他沒有來。他不來，我們就不再有明天。

我也沒想到自己竟然出奇地冷靜，我不要再為這個男人流下一滴眼淚。我說過三十歲離開他，現在真的變成事實。

我換好衣服上班去。

「昨天晚上去哪裡玩？」珍妮問我。

「去吃燭光晚餐啊！」我笑著說。

下班後，我經過一間地產公司，走進去問問我住的那間屋現在可以賣多少錢，想不到樓價比我買的時候漲了二十萬。他們問我是不是想賣樓，那個女經紀把名片給我。

回到家裡，我突然很捨不得我的屋子，這個地方，曾經有許多歡愉，可是，我就要把下半生的幸福埋在這裡嗎？不。

我在浴缸裡泡了一個熱水浴，三十歲的我，竟然一事無成，不過是一個賣胸罩內褲褻衣的女子，真是失敗！

有人開門進來，我穿好浴袍出去，是森回來，他抱著我，吻我的脖子。

「你的岳父呢？你不用去醫院嗎？」我冷冷地問他。

「你為什麼不接電話？」他問我。

「我們分手吧！」我說。

「昨天晚上我真的在醫院裡，你不相信，我也無話可說。」森沮喪的說。

「我相信你昨天晚上在醫院裡。」我跟森說，「我知道你不會編一個故事騙我，你不是那種男人，如果你還編故事騙我，我會鄙視你。」

森緊緊地抱著我，鬆開我身上那件浴袍的帶子。

「不要。」我捉著他的手，「我昨天晚上終於清醒了，問題不在於你陪不陪我過生日，而是你是別人的丈夫，別人的女婿，這是事實，永遠不會改變，我們相識得太遲了。」

森放開雙手沒有說話，他又能說什麼呢？我和他都知道有些事實是不能改變的。

「等你離婚後，你再找我吧。」我說。

「你別這樣——」森拉著我。

「我只能夠做到這樣，你是別人的女婿，這個身分我實在沒有辦法忘記。在那一邊，在所有家庭聚會中，你正在扮演另一個角色，那是我看不見的，但我只要想像一下，便覺得很難受，這種心情，你也許不會明白。」

「你以為我很快樂嗎？」他問我。

「我不知道，我只知道快樂是用痛苦換回來的，我這五年的快樂，就是用痛苦換回來的。愛情有時候也是一種折磨，我們分手吧。」

森凝望著我，不發一言，他大概知道這一次我是認真的。

「這層樓我會拿去託售，賣出之後，我會把錢還給你。」

「你一定要這樣做嗎？」他有點激動。

「我沒理由離開你還要你的錢。」

「我給你的東西就是你的。」

「你買這層樓給我的時候，是想著和我廝守終生的，既然我辦不到，我便要還給你，如果你不想賣，我會搬走。」

森用力抱住我說：「不要走！」

我抱著森，我比他更心痛，他是我最心愛的人。

「你還沒有跟我說生日快樂。」我跟他說。

森望著我，抿著嘴巴，說不出口。

「你欠我一句生日快樂。」我堅持。

「你不要走。」他說。

「生日快樂。」我逼著他說。

「生日快樂——」森終於無奈地吐出這四個字。

「謝謝。」我笑著說，「我就是想聽這一句話。」

「我買了一份生日禮物給你。」他說。

「不必了，我不想再要你的禮物。」

「你不想知道是什麼東西嗎？」

我搖頭：「我不想它變成我們分手的紀念品。你已送了我一份很好的禮物，就是讓我在三十歲這一天清醒過來。至於生日禮物，不要讓我知道是什麼東西，不知道的話，我會每天想一下，想一下那是什麼東西，直到我老了，我仍然會在想，在我三十歲那一年，你買了什麼給我。這樣的話，我會永遠記住你。」

森苦笑：「你真的會每天想一下嗎？」

我點頭。

「你不會想到的。」

「那就好。」我說。

森抱著我，我感到他的身體在顫抖。

「你在哭嗎？」我撫摸他的臉。

森沒有哭，我從來沒有見過他哭，他不是會哭的男人，我太高估自己了。

「你不會為我哭的，你很快就會復元。」

「不要賣掉這層樓，是你的。」他說。

「對不起，我不能不把它賣掉。我不能再住在這裡。」

「你要去哪裡？」

「搬回家裡住或者另外租一個地方吧。」

「我再求你一次，你不要走。」森站在我跟前，鄭重地放下男人的自尊懇求我。我沒有見過我的男人如此卑微地站在我面前，我一直是他的小女孩、小羔羊，如今他竟像一個小孩子那樣懇求我留下來。我的心很痛，如果你深深愛著一個男人，你不會希望他變得那麼卑微與無助。

「不——可——以。」我狠心地回答他。我認為我的確已經選擇了在最好的時間離開他。

森站在那裡，彷彿受到了平生最嚴重的打擊，他把雙手放在口袋裡，苦笑了一陣。

「那好吧。」他吐出一口氣。

他不會再求我了，他不會再求他的小羔羊，因為這頭小羔羊竟然背叛他。

「我走了。」森又變回一個大男人，冷靜地跟我說。

我反倒是無話可說，我差一點就支持不住，求他留下來了。

這個時候，電話不適當地響起。

「再見。」森開門離開。

我看著他那個堅強的背影消失在門外。

我跑去接電話。

「喂，周蕊，你是不是找過我？」

是陳定粱打來的。

「你等我一會兒。」

我放下電話，走到窗前，森走出大廈，看到他的背影，我終於忍不住流淚。他時常說，我們早點相遇就好了。時間播弄，半點不由人。既然我們相遇的時間那麼差，分手也該找一個最好的時間吧？

我拿起電話：「喂，對不起。」

「不要緊。」陳定粱說。

「你在哪裡？」我問他。

「我在法屬波利尼西亞。」

法屬波利尼西亞？那個比香港時間慢十八小時的地方？陳定粱竟然在那裡。
「我來這裡度過我的四十歲生日。」陳定粱輕鬆地說。
我想到的事，他竟然做了，果然是跟我同月同日生的。
「在這裡，我可以年輕十八小時，我今天晚上才慶祝四十歲生日呢！」他愉快地說。
「回來香港，不就打回原形了嗎？」我沒精打采地說。
「年輕只是一種心態。」
「那就不用跑到老遠的地方去年輕，其實也不過十八小時。」
「十八小時可以改變很多事情。」他說。
如果森岳父的病遲十八小時發作，我們也許不會分手，我會繼續沉迷下去。
「年輕了的十八小時，你用來幹什麼？」我有點好奇。
「什麼也不做，我在享受年輕的光陰，這是我送給自己的生日禮物。」
「祝你生日快樂。」我說。
「彼此彼此，不過你的生日應該過了吧？」
「已經過去了。」我說。
「過得開心嗎？」他彷彿在探聽我。
「很開心。」我說。

「那你為什麼要傳呼我？」

「想起你跟我同月同日生，想跟你說聲生日快樂罷了。」我淡淡的說。

「是這樣。」他有點失望。

「你怎麼知道我傳呼過你？」

「我剛剛打電話回來看看有沒有人傳呼過我。」

「一心要年輕十八小時，為什麼還要打電話回來？」我問他。

「我想知道你有沒有找我。」

他竟然說得那樣直接。

「長途電話的費用很昂貴的啊，不要再說了。」我跟陳定梁說。

「好吧，我很快就回來了，我回來再找你。」

為什麼獨身的偏是陳定梁而不是唐文森？

「生日怎麼過？」第二天，游穎到內衣店找我。

我告訴她我跟唐文森分手了。

「要不要我們陪你去悲傷一晚，或者一個月？」

游穎真是體貼，她不會問我事件經過，只是想方法令我好過一點。

「一天或者一個月是不夠的。」我說，「至少也要五年，五年的愛情，要用五年來治療創傷。」我說。

「不要緊，我可以用五年時間陪你悲傷，但你有五年時間悲傷嗎？五年後，就是三十五歲了。」游穎說。

「我想把那層樓拿去託售。」我說。

「你不要了？」她訝異。

「不要一個男人，何必要他的錢呢？」我說。

「很多女人不要一個男人時，會帶走他的錢。」

「我不恨他。」我說。

下班後，游穎陪我到地產公司託售。

「為什麼不多去幾間地產公司？這樣的話，可以多些人來看，快點賣出去。」游穎說。

我並不想那麼快賣出去。

晚上，我終於接到森的電話。

「我以為你不在家。」森說。

我已經三天沒有聽過他的聲音了。

「既然以為我不在家，為什麼還打電話來？」

「我怕你接電話。」他說。

我也想過打電話找他，也是明知他不在的時候想打電話給他。我們都害怕跟對方說話，但是接通對方的電話，卻是一種安慰。

「你這幾天怎麼樣？」他問我。

「我剛去把這層樓託售了。」

「你為什麼一定要這樣做？」

「我要還錢給你。」

「我欠你太多。」他說。

「但你沒有欠我錢。」我說。

「我不是這個意思——」

「我很自私，對不對？」我問他。

「不，女人是應該為自己打算的，自私的是我，我不應該要你為我蹉跎歲月。」

森不明白，我多麼願意為他蹉跎歲月。我不介意蹉跎歲月，但我忍受不了他屬於另一個家庭。他不是屬於另一個女人，而是屬於另一個家庭，是多麼牢不可破的關係！我無力跟一個家庭抗爭。

「我希望你以後會找到幸福。」他說。

我哽咽。

「蕊，不要再愛上已婚男人，男人對於離婚是缺乏勇氣的。」

我忍不住哭，「你把我弄哭了。」

「對不起。我不在你身邊，你要照顧自己。」

「將來我嫁人，我會通知你的。」我苦笑。

「千萬不要——」他說。

「你不想知道嗎？」我問森。

「不知道會比較好。」森說。

「你太冷漠了。」我埋怨他。

「如果我可以接受你的婚訊，那我就是不再愛你。」

「你早晚也會不再愛我。」

「是你首先不愛我。」

「我不是。」我抹乾眼淚說，「我只是厭倦了謊言。」

「你一定以為我夾在兩個人之間很快樂。」

「你不一定快樂，但我肯定比你痛苦。」

森沉默。

「我想睡。」我說。

我睡不著，走到附近的便利商店，買了一瓶琴酒和半打可樂，回到家裡，把琴酒和可樂混合，這是最有效的安眠藥。

我迷迷糊糊地睡到第二天中午，電話響起，也許又是森，他好像不肯相信我真的會離開他。

「我回來了！」陳定粱說。我的頭痛得很厲害，糊糊塗塗的說：「是嗎？」

「什麼時候有空吃一頓飯？」他問我。

「今天晚上吧。」我說。

我和陳定粱在灣仔吃飯。

「你雙眼很浮腫。」他老實不客氣地說。

「是嗎？你的年輕十八小時之旅好玩嗎？」我問他。

「你應該去那個地方看看。」

「我比你年輕，不用找個地方年輕。」

「對，要去你也會選擇雪堡。」

我也許永遠不會去雪堡，一個人去沒意思。

陳定粱把一個紙袋交給我：「生日禮物。」

「生日禮物？」我訝異。

「你打開來看看。」陳定粱說。

我打開紙袋，看到一襲黑色的絲絨裙子。裙子是露背的，背後有一只大蝴蝶結，裙子的吊帶是用數十顆假鑽石造成的。我吃了一驚，這個款式是我設計的，我上時裝課時，畫過一張一模一樣的草圖，但那張草圖我好像扔掉了。

「這襲裙子好像似曾相識。」我說。

「當然啦，是你設計的。」陳定粱說。

「果然是我畫的那張草圖，你偷看過我的草圖？」

「我沒有偷看。」

「你不是偷看的話，怎會知道？」

「你丟在廢紙箱裡，我在廢紙箱裡撿回來的。」

他竟然從廢紙箱裡撿回我的草圖，他早就處心積慮要做一件衣服給我。

「我從來不會做人家設計的衣服，這一次是例外。」陳定粱說。

「多少錢？」

「算了吧，是生日禮物。」

「謝謝你。」

「你可以穿這襲裙子和你男朋友去吃飯。」

「我跟他分手了。」我說。

陳定粱愕然地望著我，臉上竟然閃過一份喜悅，但瞬即又換上一張同情的臉孔。

「是在你生日的那一天分手的嗎？」

我點頭。

「原來你那天不是想跟我說生日快樂。」他的神色有點得意。

陳定粱也許以為我在最失意的時候想到他，是對他有一份特殊的感情，這也許是真的，但我不想承認我在失意的時候想起他。更合理的解釋可能是我知道他對我有特殊的感情，他幾乎是我唯一的男性朋友，而我在那一刻剛想尋求一點來自異性的安慰，所以想到他。

「不，我是想跟你說生日快樂的。」我堅決表示，我才不要讓他自鳴得意。

「只是想說一句生日快樂？」他質疑。

「是。」我斬釘截鐵地說。

「不是因為那十三萬三千二百二十五分之一的緣分嗎？」他鍥而不捨。

「是因為這十三萬三千二百二十五分之一的友誼。」我說，「世上大部分的眷侶都不是同月同日生的。」

「世上大部分的怨偶也不是同月同日生的。」陳定粱說。

「所以同月同日生也就沒有什麼特別。」

「你跟你的男朋友分手時想到我，這就是特別之處。」他堅持。

「你無非是要證明我對你有特殊感情罷了，對不對？」我生氣。

「如果是真的，也沒有必要否認。」他驕傲地說。

「現在送生日禮物給我的是你，我可沒有送禮物給你。」我諷刺他。

「那你為什麼要告訴我你跟你男朋友分手了？」他咄咄逼人。

「因為我當你是朋友，但我現在覺得你很討厭！」我站起來說。

陳定粱的表情十分愕然，他想不到我會罵他。

「對不起。」我說，「我不應該說你討厭，『討厭』這兩個字在我來說是很親密的，你不配讓我討厭，你是可惡！」我掉頭便走。

我也想不到我會向陳定粱發脾氣，也許我只是想找個人發洩，而他碰巧惹怒了我。

「對不起。」陳定粱拉著我說。

「放手！」我甩開他的手。

我走進電梯裡，陳定粱用手擋著電梯門，我不知道哪來的氣力，狠狠地踢了他的小腿一下，陳定粱踉蹌退後，電梯門關上。

我在電梯裡忍不住嚎啕大哭，我真的很掛念森。為什麼我想要的東西得不到？為什麼他是別人的丈夫？為什麼我要在這裡被陳定粱這種男人試探？他是什麼人？失去了森，我就變得毫不矜貴嗎？可是，無論我多麼掛念森，我也不能回到他的身邊，不可以，我不可以，我這麼艱難才從他手上逃脫，我不能回去。

我走出電梯，漫無目的地走上一條行人天橋。

「周蕊！」陳定粱竟然追來。

我不想讓他看到我哭過，他越叫我越走。

「對不起！」陳定粱追上來說。

「不干你的事！」我說。

他把那件用紙袋包裹著的裙子交給我說：「你忘了帶這個。」

我接過裙子之後匆匆走上一輛計程車。

見過陳定粱，我更愛森。

回到家裡，我泡了一個熱水浴。這個時候，有人拍門，是郭筍。

「這麼晚，你還沒有走嗎？剛才蛋糕店關上門，我以為你走了。進來坐。」我說。

「你說有好消息的話要告訴你。」郭筍笑著說。

我聽到「好消息」這三個字，一點心情也沒有，唯有強顏歡笑。

「我不是說有一個朋友請我去舊生會的舞會嗎？我在舞會上認識了一個人。」

「是什麼人？」

「是開粥店的。」

「那跟你一樣，都是賣吃的呀！」

「所以我們很投契，他的粥店在銅鑼灣，是一間很雅致的粥店。什麼時候有空，我請你去吃粥。」

「好呀。」

「你這層樓要賣嗎？」郭筍問我，「我在地產公司看到這層樓託售的資料。」

「是的。」

「你要搬到別處？是不是要結婚？」

我搖頭。

「你沒事吧？」郭筍體貼地拍拍我的肩膀。

「沒事。」

「有沒有人來看過樓？」她問我。

「經紀約過幾次，我沒有空。」

「我很喜歡這層樓，不如賣給我好嗎？」

「你想買樓嗎？」

「我剛想在蛋糕店附近找一層樓，與其賣給別人，倒不如賣給我，你可以省下佣金。」

「可以讓我考慮一下嗎？」

我本來是想把這層樓賣掉的，但突然有一個人說要買，我卻遲疑起來。

「這是什麼地方？」郭筍指著牆上那幅森拼的「雪堡的天空」。

「這是雪堡的一間餐廳。」

「很漂亮，我也想在這間餐廳裡賣我做的蛋糕。」郭筍細意欣賞那幅拼圖。

「這間餐廳的存在可能只是一個幻象。」我說。

「但看來是真實的。」郭筍說。

「真實的東西有時候也太遙遠了。」我說。

我為賣不賣這層樓而掙扎了多天。

這一天，徐玉和游穎買了外賣來陪我。

「這間屋要賣掉真是可惜。」徐玉說。

「蛋糕店的老闆娘肯買，你為什麼又遲疑？」游穎問我。

「她根本捨不得把這間屋賣掉。」徐玉搶著說。

是的，我捨不得。

「如果我是你，我不會賣。」徐玉說，「留作紀念也是好的，這裡有唐文森的氣息嘛！」

是的，我仍然能嗅到森的氣息和我們在床上纏綿的氣味。

「她就是想忘掉他。賣還是不賣，你要決定。現在不賣，遲些樓價跌了，就賣不到理想價錢。」游穎說。

「我知道了。」

「現在你可以考慮陳定粱吧？」徐玉說。

「討厭的東西。」我說。

「宇無過等著他設計封面，你快跟他說。」徐玉催促我。

「我明天找他。」我說。

「現在傳呼他嘛！宇無過的書趕著出版呢！」徐玉把電話放在我手上。

為了徐玉，我硬著頭皮傳呼陳定粱，他很快覆機，我把聽筒交給徐玉，由徐玉跟他談。

「怎麼樣？」我問徐玉。

「你為什麼不跟他說話？」徐玉放下聽筒。

「你跟他說不就行了嗎？他怎麼說？」

「他要跟宇無過見面，我們約好明天吃午飯，你也來吧。」

「不。」我不想跟陳定粱見面。

「好漂亮的裙子！」游穎在我睡房的床上發現陳定粱做給我的裙子。

「是在哪裡買的？」她問我。

「是陳定梁做的。」我說。

「他是不是已經瘋狂的愛上你？」徐玉問我。

陳定梁當然不是瘋狂的愛上我，至今為止，還沒有一個男人瘋狂的愛上我。即使是跟森一起的日子，我也不認為他是瘋狂的愛著我，或許他曾一度瘋狂，但還是不夠瘋狂，如果他瘋狂，就會為我而離婚，他終究是清醒的。和森相比，陳定梁就不算什麼了。

我沒有跟徐玉和宇無過吃飯，徐玉飯後來內衣店找我。

「他和宇無過談得很投契呢，而且已經有了初步的構思，一星期後就可以做好。」徐玉說。

「他真的不收錢？」我問徐玉。

「他敢收錢嗎？」徐玉得意洋洋地說，「他問起你呢！」

「是嗎？既然他肯為你設計封面，也就不用我跟他見面了。」

「他也不是那麼討厭，外型又不錯，說真的，不比你的唐文森差呀！」徐玉說。

「那你愛他吧！」

「他雖然不比唐文森差，可是比不上宇無過呀！」徐玉驕傲地說。

「我不怪你，每個女人都以為自己所愛的男人是最好的。」我說。

一個星期之後，陳定梁完成了封面，交給宇無過，徐玉拿來給我看，書名叫《殺人蜜蜂》，封面是一隻手繪的蜜蜂，是陳定梁親手畫的，畫得很漂亮，有一種驚慄感。

「陳定梁滿有才氣呢。」徐玉說，「這本書對宇無過很重要的，如果暢銷的話，以後不愁沒有人替他出書。」

「會暢銷的。」我說。

「謝謝你。」徐玉好像很感動，「賣還是不賣，決定了沒有？」

終於還是要面對這個問題。離開了男人，女人便要自己決定許多事。

我到蛋糕店找郭筍，她正準備關店。

「你對我那間屋真的有興趣嗎？」我問她。

「我是很喜歡，但你不想賣的話，絕對不用勉強。我以前也賣過屋，那是我婚後跟丈夫住了二十多年的地方，賣的時候也很捨不得。那間屋在郊外，有些地方曾經出現白蟻，但到我搬走的前一晚，我竟然努力去找出那個白蟻巢，看著牠們蠕動。我本來是十分討厭屋裡的白蟻的，要走的時候，卻愛上牠們。我很明白要放棄一間屋的心情。」郭筍溫柔地說。

「說穿了，白蟻和愛情一樣，都是侵蝕性極強的東西。」我苦笑。

樓宇買賣的手續，我找常大海替我辦，除了律師樓的開支和印刷費之外，大海沒有收費。我請大海和游穎吃飯報答他們。

「找到房子沒有？」游穎問我。

「還沒有。」我說，「在這裡附近的，不是租金太貴，便是面積太大。」

「我知道中環附近有些房子面積只有兩百多呎，租金不太貴，一個人住還可以。」大海說。

「你替周蕊問一問。」游穎跟他說。

大海真的替我找到了一個房子。

這幢大廈位於中區電動行人天橋旁邊，我租的房子在二樓，其中一扇窗剛好對著行人天橋的頭一段，距離只有十多呎，站在窗前，不但看到人來人往，彷彿還聽到電動樓梯底下的摩托聲。

「這裡對著行人天橋，很吵呢！況且又得經常拉上窗簾。」陪我看屋子的游穎說。

「所以租金也比這幢大廈同類的房子便宜。」女房東說。

「我就租下這個房子。」我說。

「你不嫌太吵嗎？」游穎問我。

「關上窗子不就行了嗎？況且這條行人天橋也有休息的時候。」

我跟女房東到地產公司辦好手續後，和游穎到附近的一間快餐店吃飯。

「我以為你不會考慮那個房子。」游穎說。

「租金便宜嘛！自力更生，就要知慳識儉。」我說。

「你做人就是壞在太有良心，你根本不用賣掉那層樓。」
「我不想在森身上得到任何利益。」我說。
「要我和大海幫忙搬家嗎？」游穎問我。
「只是相隔幾條街，真不知道怎樣搬。」
「律師樓有一輛客貨車可以用。」游穎想起來。
「謝謝你。」我衷心地說。
「別說客套話嘛！沒有愛情的時候，友情是很重要的。如果我失戀，我會搬進來住的啊！所以現在要幫忙。」
「你跟大海沒事吧？」我奇怪她為什麼又提到失戀。
「沒有進步，算不算退步？」
「感情當然是不進則退的。」我說。
「大海又再在做愛時睡著了，況且我們做愛的次數越來越少，最近似乎大家都提不起興趣。」
「那些性感的內衣不管用了嗎？」
游穎苦笑：「性感的內衣只能帶來一點衝擊，新鮮感失去了，也就沒有什麼作用。」
「我最懷念的是我和森最後一次做愛，那一次，大家都很開心，在分手前能夠有一次愉快的性愛，那是最甜蜜的回憶。」我說。

「是啊！總好過分手時已經不記得上次是什麼時候做愛。」

「有幾次跟森做愛的場面我是到現在還記得的。」我回憶說。

「是嗎？有多少次？」游穎笑著問我。

「就是好幾次嘛！」我臉紅。

「我也有好幾次，有時想想也很無奈，我和大海最開心的那幾次都好像是很久以前的事。」

「我也曾問過森，長時間跟同一個女人做愛，會不會悶？」

「他怎麼說？」

「他說不會。」

「我從前以為女人是沒有性需要的，二十出頭時，做愛只是為了滿足男人，到了三十歲，才發現原來我也有需要的。」

「你猜男人懷念女人時會不會想起跟她的一次性愛呢？」我問游穎。

「我也不知道。」

「男人會不會比較進取，他們希望一次比一次進步，所以最好的一次應該還沒有出現。」我說。

「那真要找一個男人來問一問。」游穎掩著嘴笑。

跟游穎分手後，我回到家裡，飛奔到我的床上，用身體緊貼著床單，我真懷念我和森的最後一次，可惜新屋太小了，我不能帶走這張床。

搬家前的一夜，我收拾東西，大部分家私都不能帶走。床不能帶走，我把床單和棉被帶走，棉被是在秋涼時，森買給我的。我把那幅「雪堡的天空」從牆上拆下來，用報紙包裹好。

有人來拍門，是郭筍。

「需要我幫忙嗎？」

「我要帶走的東西只有很少。」我說。

「我很喜歡這裡的佈置，大概不會改動的了。」郭筍說，「你有新的電話號碼嗎？」

「我很晚才去申請，新屋那邊到現在還沒有電話號碼。」

「聽說現在即使搬了屋也可以沿用舊的電話號碼。」

「我想重新開始嘛！」我笑說。

「你跟你的粥店東主進展如何？」我關心她。

「明天我們一起去大嶼山吃素。上了年紀的人只能有這種拍拖節目，不過我們打算遲些一起去學交際舞。」

「他會搬進來住嗎？」

「怎麼會呢？這是我自己的天地。」

「你跟他還沒有？」我向郭筍打聽她跟粥店東主的關係。

「人是越老越矜持啊！況且我還是不敢，之前的一個男人在看到我的裸體後便跑掉了。」郭筍尷尬地說。

「跑掉？」我嚇了一跳。

「也許我的容貌保養得好，令他誤會了，以為我的身材也保養得一樣好。」郭筍笑著說。

「他真的立即就掉頭跑？」我想像那個場面實在太滑稽了。

「不，他只是悄悄弄響傳呼機，說有人傳呼他，匆匆跑掉而已。」

「真是差勁！」

「他可能想像我有一雙高聳的乳房，所以發現真相後很恐懼吧。」

「你不是你自己說的那麼差的。」我安慰郭筍。

「想想那天也真是很滑稽的。」郭筍掩著嘴巴大笑。

「這一位粥店東主要是再敢跑掉，你就宰了他！」我跟郭筍說笑。

「好呀！宰了他，用來煲及第粥。」

「你跟唐先生吵架了？」郭筍問我。

「不是吵架那麼簡單。」郭筍提起森，又令我很難過。

「我看得出他是好男人，你們那麼恩愛，我還以為你會和他結婚呢！」

一個會讓男人在重要關頭跑掉的女人的觀察也不是太可信的。郭筍看錯了，森是不會跟我結婚的。

郭筍見我不肯多說，也不再問。

「你連沙發、床、冰箱都留給我，我不用買了，這個冰箱還是新的呢！」郭筍順手打開廚房裡的冰箱。

「咦，這個生日蛋糕你還沒有吃嗎？」郭筍在冰箱裡發現了那個森特意叫她為我做的玫瑰花蛋糕。那個蛋糕已經像石頭一樣堅硬。

星期天早上，游穎、常大海、徐玉、宇無過來替我搬家。

我仔細檢查每一個角落、每一個抽屜，確定沒有留下任何東西。我走到床前，再一次不能自已地倒在床上，我為什麼竟然捨得賣掉森送給我的屋？就為了那一點清白和自尊？這裡曾是森送給我的一份愛的禮物，太貴重了，我不能帶走，能帶走的，只是我脖子上的蠍子項鍊。我伏在床上哭了。

「我知道你會這樣的。」徐玉走到床邊。

我抹乾眼淚。

游穎倚在房門說：「這裡已經賣了給別人，不捨得也要走。」

她永遠是最冷靜的一個。

「早知那樣不捨得就不要分手。」徐玉說，「他們在樓下等我們。」

我從床上起來，「走吧！」

「慢著——」我想起還有一件事。

我走到廚房，打開冰箱，把那個堅硬的生日蛋糕拿出來。

「你買了蛋糕嗎？我肚子正餓。」徐玉說。

「不能吃的。」我說。

新屋裡有一張兩呎半乘六呎的床，因為是貼著牆而造的，為了遷就牆角一個凹位，床角也造成一個凹位，可惜手工很差，那個凹位和床之間有一條縫隙。我拿出森買的床單，鋪在床上。床太小而床單太大，要重疊一次。

「電話呢？為什麼沒有電話？」游穎問我。

「明天才有人來安裝。」

「我的手機沒有帶在身邊。」游穎說。

「不用了。」我說。

「大海，你把你的手機暫時借給周蕊。」游穎跟大海說。

「不用了！」我不好意思用常大海的電話，況且他也似乎有點愕然。

「怕什麼！」游穎把常大海的電話放在桌子上，「你第一天搬進來，人地生疏嘛，有事要求救怎麼辦？況且只是一天。」

「你暫時拿去用吧！」大海說。

朋友始終還是要離去的，我一個人，實在寂靜得可怕。午夜十二時，常大海的手機響起。

「喂——」我接電話。

「喂，請問常大海在嗎？」一把很動聽的女聲問我。

「他不在。」我說。

「這不是他的手機嗎？」

「這是他的手機，可是他不在這裡。」我在懷疑這個女人是什麼人。

「哦——」女人有點兒失望。

「你是誰？」我問她。

「我是他的朋友。」女人輕快地回答。

「我可以轉告他。」我說。

「不用了。」女人掛了線。

這個女人的聲音很甜膩，好像在哪裡聽過似的，她到底是什麼人？她跟常大海有什麼關係？游穎認識她嗎？她會不會是常大海的秘密情人？

我把「雪堡的天空」拿出來，放在睡房的一扇窗前面，這個風景無論如何比無敵天橋景美好。

常大海的電話在清晨又再響起。

「喂？」我接電話。

電話掛了線，會不會又是那個女人？

我在中午時把電話拿上律師樓交給常大海，游穎出去吃飯了。

「昨天晚上睡得慣嗎？」常大海問我。

「還不錯。」

「沒有人打這個電話找我吧？」

「有一個女人。」我說。

「哦。」常大海有點尷尬，「她有說是誰嗎？」

我搖頭。

「可能是客人吧。最近有個客人很麻煩，差不多每天晚上都找我一次。」

我覺得他不太像在說真話。

游穎剛好午飯回來。

「周蕊，你來了？用不著那麼快把電話還給我。」

「今天上午已經接通電話了，這是我的電話號碼。」我寫下電話號碼給她。
游穎向我眨眨眼，示意我望望剛剛進入公司的一個女人。那個女人看來很年輕，大概二十三、四歲吧，穿著一件白色透視的絲質襯衫，及膝裙，她的胸部很豐滿，她就是游穎說的那個三十六C的奧莉花‧胡。她正在跟一位秘書說話。
「我送你出去。」游穎不想在大海面前跟我談論那個女人。
在電梯大堂，她才緊緊地捉著我的手說：「很誇張是吧？」
「比徐玉還厲害。」
「她特別愛親近大海，討厭！」
我剛才聽到這個女人說話，她的聲音不太像昨天晚上打電話找常大海的女人。
「你現在去哪裡？」游穎問我。
我打開皮包，讓游穎看看我開的一張支票。
「把錢還給唐文森。」我說。
「兩百八十萬啊！真是可惜！」游穎好像比我更捨不得這筆錢。
「金錢有時候也只不過是一個數字。」我說。
真的，如果不能跟自己喜歡的人一起，有錢又有什麼用？
「你打算親手交給他？」游穎問我。

「我拿去郵寄。」我提不起勇氣約森見面。

「兩百八十萬的支票拿去郵寄？不太安全吧？」

「支票是劃線的。」

「還是找個人送去比較安全，要不要叫我們公司的信差送去？反正唐文森的辦公室就在附近。」

「這……」我猶豫。

游穎走到接待處拿了一個信封。

「你的支票呢？」

我把支票交給她。

「要不要寫一張字條給他？」游穎問我。

「支票是我簽名的，他知道是怎麼一回事。」

游穎把支票用一張白紙包好，放在信封內，封了口。

「把地址寫在上面。」游穎拿了一支筆給我。

我在信封上寫上森的名字和公司地址。

一名信差正要出去，游穎把信封交給他說：「送到這個地址，要親自簽收的。」

電梯門打開，那名信差匆匆收下信封，走進電梯裡。

「這樣安全得多。」游穎說。
我突然覺得後悔。
「我要取回支票！」我急得哭起來。
一部電梯停在頂樓，另一部電梯已下降到五樓，我沿樓梯跑下去。
追出大廈，我發現他揹著一個背包走在幾十碼外的人群中。
「喂！不要走！」我大聲呼喊。
街上的人回頭望我，唯獨那信差沒有回頭。我追上去，終於在馬路中央扯著他的背包。
「你幹什麼？」他問我。
「把我的信還給我。」
「哪封信是你的？」他問我。
我在信差的背包裡找到給森的信。
「是這個。」我說。
游穎追來。
我抱著信封，好像失而復得，我真的捨不得。
「小姐，你搞什麼鬼？你從十五樓跑到地下，累死我了！你不捨得把錢還給唐文森嗎？」游穎喘著氣說。

「不是不捨得錢，我不捨得放過最後一次跟他見面的機會，這張支票，我應該親手交給他。」

我把信封放在皮包裡，把皮包抱在胸前，走路回內衣店。內衣店關門，安娜和珍妮都走了，我終於提起勇氣打電話找森，他在公司裡。他聽到我的聲音很高興，我約他見面，他問我喜歡到哪裡，我選了那一間我們常去的法國餐廳。

森準時出現。

「你是不是搬了家？」他坐下來劈頭第一句便問我，「你搬到哪裡？」

我把支票交給他，「還給你的。」

「我說過我不會要的。」他把支票放在我面前。

「你有沒有愛過我？」我問他。

「你還要問？」森慘笑。

「那麼請你收下這張支票。」

「我求你不要逼我。」森堅持不肯收。

「如果你有愛過我，你收下這張支票吧，我求你。」我把支票放入他的口袋裡。

「你一定要這樣做嗎？」

我點頭。

「你什麼時候會要一個孩子？」我笑著問他。

「孩子？」

「跟你太太生一個小孩子，那樣才像一個家。」我淒然說。

「你以為你走了，我就可以立即回家生個孩子嗎？你一直都不明白我。」

「難道你永遠不要孩子嗎？」

森望著我不說話。

我低下頭喝湯，不知怎的，我的蠍子項鍊突然鬆脫，掉到那一碗菠菜湯裡，湯濺到我的衣服和臉上。

森連忙替我撈起項鍊。

「湯很燙呢！」我說。

森拿手帕替我抹去臉上的湯。

「我去洗個臉，也順便把這個洗一洗。」

我拿起項鍊衝進洗手間。

我衝進洗手間裡痛哭，我不能在他面前哭。為什麼總是在離別時有難以割斷的感情？我真的恨他不肯離婚。

我把蠍子項鍊放在水龍頭下面沖洗，再用一塊毛巾抹乾，那個釦有點鬆，所以剛才掉下來，我實在不該戴著這條項鍊來。

我抹乾眼淚，回到座位。

「你沒事吧？」森問我。

我搖頭。但我豈能瞞得過他呢？哭過的眼睛，無論如何也不會澄明。

「你衣服上還有污漬。」森說。

「算了吧！」我說，「誰沒有在衣服上沾過污漬呢？這幾點污漬會讓我記得這一頓飯。」

「你是不是已經決定了？」他再一次問我。

「難道你要我等你嗎？」我反問他，「根本你從來沒有叫過我等你。你肯叫我等，也是有希望的，可是你連叫都沒有叫。」

「我希望你離開我以後會快樂。」他失意地說。

「你不要再對我那麼好，回家做個好丈夫吧。」我有點兒激動。

這一頓飯，無聲無息地吃完。我太理想化，我以為一對曾經深愛對方的男女可以在溫柔的燭光下分開。偏是因為曾經深愛，見面時無法瀟灑，只有互相再傷害一次。

「我送你回去。」他說。

「不用了。」

「你害怕讓我知道你住在哪裡嗎？」

「讓我送你回家好嗎？」我問他。「我從來沒有送過你回家，你從來不讓我接近你住的地方，你住在哪一座、哪一個房子，我也不知道。現在你應該放心讓我送你回去吧。不用再擔心我會發神經上門找你。」

森站在那裡猶豫。

「怎麼樣？還是不批准嗎？」

我很氣餒，他到現在還不相信我，還以為我是那種會上門找麻煩的女人。

「你怕我會去騷擾你嗎？」

「我從來沒有這樣想過，她也知道你的存在，我只是不想你傷心。你把我想得太自私了。」

「那麼現在總可以了吧？」我問他。

「好吧。」他終於答應。

我還是第一次到他住的地方。以前有很多次想過要走來這裡等他，這一次，終於來了，心裡竟有點兒害怕。

「我就住在十二樓A室。」他說。

「我送你上去。」我大著膽子說。

「好。」他似乎知道攔不住我。

我們一同走進電梯，電梯直上十二樓，我的心不由得越跳越急。是我要送他回來的，我卻不敢望他。

電梯門打開。

「我就住在這裡。」他說。

我的心好像快要裂開，我做夢也沒想過我竟然來到他的巢穴，他和另一個女人的巢穴。如果那個女人突然從裡面走出來或者從外面回來怎麼辦？

「我就送到這裡。」我膽怯起來，「謝謝你讓我送你回來——」

話還沒有說完，森一把拉著我，把我拉到後樓梯。

「不要走。」森抱著我說。

「我可以不走嗎？難道你會邀請我進去坐？」

森抱著我的臉吻我。

我全身發軟，我竟在他家門外跟他接吻，那個女人就在咫尺之外。我們竟然做出那麼瘋狂又驚險的事，森一定是瘋了。

我真懷念他的吻，以至於無法拒絕。

可是，總是要分手的，他始終要回家。

「不是說送君千里，終須一別嗎？」我淒然問他。

森無言。

「我要回家了。」我說。

「你還沒有告訴我你住在哪裡？」

「你知道也沒有用。」

「你的生日禮物還在我這裡。」

「我不是說過不想知道的嗎？快回去吧！我不想看到有一個女人從屋裡走出來。」我走到大堂按電梯鈕。

電梯門打開。

「再見。」我向森揮手。

他頹然站在電梯外，這也許是他生平第一次給一個女人打敗，敗得那樣慘烈。

電梯門緩緩關上，我在縫隙中看他最後一眼，跟他回家的女人永遠不會是我。

我坐上計程車，抬頭數到第十二層樓，那一戶有燈光，但不知道是不是森住的房子。在回家之前，他必然已經抹去唇上的我的唇印吧？

你還
愛我嗎

男人知道你愛他，
就不會再開口說愛你了，
因為他已經處於上風；
男人只會在自信心不夠的時候
才會對女人說「我愛你」。

一個星期之後，我發現森沒有把支票拿去兌現，那筆錢仍然在我的戶頭裡。我早就想到他不會要那筆錢。我是想把錢還給他的，可是也想過，如果他真的要回那筆錢，我會不會很失望，甚至懷疑他是否曾經愛過我。

「如果他真的拿支票去兌現，你也就不要再留戀他了。」徐玉說。

已經過了一個月，那筆錢在我戶頭裡原封不動。我沒有看錯人，森是個好人，可惜我沒有福分做他的太太。或許終於有一天，半年後、一年後，甚至十年後，他清醒了，會把支票拿去兌現。

徐玉打電話來問我：「宇無過想請陳定粱吃飯，星期四晚上，你也來好嗎？」

「不是說書的銷量不好嗎？」我奇怪宇無過這一次看得這麼開。

「他好像沒有什麼不愉快，自從由美國回來，他開朗了很多，如果像以前那樣，真叫我擔心呢。來吧！陳定粱不是那麼可怕吧？」

「好吧！」我這一次再拒絕，徐玉一定會怪我不夠朋友。

宇無過請我們在西貢一間露天義大利餐廳吃飯。

陳定粱準時到達，自從上次踢了他一腳之後，我已經很久沒有見過他了。

「是誰提議來這裡的？」我問徐玉。

「是陳定梁。」她說。

「我以為你會喜歡露天的餐廳，你的拼圖也是一間半露天的餐廳。」陳定梁說。

「真是體貼啊！」徐玉替陳定梁說話。

「我打算搞出版社。」宇無過向我們宣布他的大計。

「沒聽你說過的。」徐玉托著頭留心聽他說。

「在香港搞出版社很困難。」陳定梁說。

「我還有一個朋友合資，除了出版我的科幻小說之外，我們還會去日本洽談漫畫的版權，在香港翻譯和發行，那個朋友是日本通。只要我們能夠拿到一本受歡迎的漫畫版權，就可以賺很多錢。」宇無過躊躇滿志。

「很值得做啊！」徐玉以無比仰慕的眼神凝望宇無過。

第二天，徐玉來找我，原來宇無過根本沒有資金。

「大概要多少錢？」我問徐玉。

「宇無過和合夥人每人要拿三十萬元出來。」

「這麼多？」

「去日本買漫畫版權要先付款的，而且一次要買一批，不能只買一本，這筆開支最大，還要租辦公室，請兩、三名全職職員，印刷、排版、宣傳等等都要錢。宇無過自己每出一本書，也要花幾萬元。」徐玉一一說給我聽。

「沒錢他怎麼搞出版社？」我問徐玉。

「他這個人，從來不會想錢的，想起要做什麼，便一股腦兒去做。」

徐玉似乎不介意宇無過的作風，然而，一個男人，不知道自己有多少本事，便去衝鋒陷陣，把問題留給女人，是否太不負責任呢？

「他以為我還有錢。」徐玉說。

「上次他去美國，你已經把全部積蓄給了他，他還以為你有錢？」我有點兒生氣。

「他不知道那是我全部積蓄。」徐玉幽幽地說，「都怪我平時不懂省吃儉用，胸罩也買數百元一個的。」

「我放在銀行裡的錢不能動，森隨時會拿走的。」我知道徐玉想我幫忙。

「這個我也知道。」

「我只有幾萬元，是我全部的積蓄，可以借給你。」

「幾萬元真的不夠用。」徐玉嘆氣。

「找游穎商量吧！」我說。

「我真的不想向朋友借，東湊西拼的，不如一整筆向財務公司借，我聽人說月薪一萬元可以一次過借二十萬。」

「向財務公司借錢，利息很高的，況且你沒有固定職業，財務公司不肯借的。」

徐玉失望地離開，幾天沒有找我，我銀行戶頭裡有五萬四千多元，我寫了一張支票準備給她。

「我有一個辦法可以得到三十萬。」徐玉再出現時告訴我。

「什麼辦法？」

「有人找我拍電腦光碟。」

「拍電腦光碟有這麼多錢嗎？」

「一般電腦光碟當然沒有這個價錢。」

「你不是說色情光碟吧？」

「用不著全裸，只是意識比較大膽，比較性感。」

「你不是吧？」

「對方答應給我三十萬元。」

「你又不是明星，給你三十萬，會不要你全裸？」

「是要露兩點。」徐玉終於說真話。

「真的是色情光碟？不要拍。」我勸她。

「不行。」

「就是為了宇無過？沒有錢就不要開公司，他又不是沒有這筆錢會死的。」

「我不忍心讓他失望，他已經在找辦公室了。」

「他知道你拍這種光碟嗎？」

「不能讓他知道。」

「他知道的話，會跟你分手的。」

「他不會知道的，他不玩電腦。」

「他的朋友看到怎麼辦？」

「他的朋友不多，那些人也不玩電腦。」

「萬一他看到怎麼辦？」

「他不會認得我的，我會把頭髮弄鬈，化一個很濃的妝，說不定到時他們認為我不漂亮，會把女明星的臉孔移到我臉上呢！」

「徐玉，不要拍！我這裡有五萬四千元，你拿去吧！」我把支票交給她。

「你留著自己用吧！」徐玉笑著揚揚手，「投資這支光碟的老闆是我認識的，知道我需要錢，才給三十萬呢！一般價錢只是二十萬。」

「你答應了？」我不敢相信。

「明天去簽約。」

「你想清楚了嗎？」

「我不是說過我可以為宇無過做任何事嗎？」徐玉含笑說。

「我找森想辦法，我可以跟他借三十萬。」我跟徐玉說，我實在不忍心她去犧牲色相。

徐玉拉著我的手：「你人真好，不愧是我最好的朋友。要你向唐文森借錢，一定很為難你。分手後，女人向男人借錢，會給男人看不起的，也會將你們從前的美好回憶全然破壞，你的犧牲比我露兩點更大。」

「你是女人來的，露了兩點怎麼辦？」

「我不知多麼慶幸我是女人，否則這兩點怎會值錢？你不要把這件事想得太壞，拍這支光碟的是日本一位著名的攝影師，他替很多當紅的女明星拍過寫真集。我這支光碟是充滿美感的，性感而不色情，也不會跟男主角做愛。趁著青春留倩影嘛！」

「這支光碟是公開賣的，什麼男人都可以買來看。」

「他們在街上見到我，也不會認得我。你同意我的身材很好嗎？」

「不好也不會有人找你露兩點。」

「那又何必暴殄天物呢？」

「他們跟你說了很多好話，將你催眠了，是不是？」

「你聽我說，女人的身材多麼好，有一天，也會成為歷史陳跡。我一生最自豪的，除了宇無過，就是我的身材，再過幾年，我替宇無過生了孩子，就保不住這副身材了，為什麼不留一個紀念？」

「我問你一個問題，如果不是宇無過需要這三十萬，你會拍這支光碟嗎？」

「不會。」

「那就是了，什麼趁著青春留倩影，都是自欺欺人。」

「反正都要做的，何不往好處想？」徐玉一派樂天。

我覺得很難過，我想告訴宇無過。

我約了游穎下班後在文華咖啡室見面，把徐玉拍色情光碟的事告訴她。

「你把事情告訴宇無過，徐玉會恨你的。」游穎說。

「她拍了的話，她會後悔的。」

「你為什麼要阻止她為她的男人犧牲呢？」游穎反問我。

我還以為游穎會站在我這一邊，想不到她比我開通。

「值得為這種男人犧牲嗎？他好像連自立的能力都沒有。」我開始討厭宇無過。

游穎嘆一口氣：「女人永遠覺得自己的男人值得自己為他犧牲，別的女人的男人卻不值得那些女人為他們犧牲。」

「這個當然啦！」我笑。

「常大海好像正在跟另一個女人來往。」游穎苦澀地說。

「你怎樣發現的？」

「只是感覺，還沒有證據。」

我想起那個打手機找常大海的女人。

「我搬到新屋的第一天，你不是借了常大海的手機給我用的嗎？晚上有一個女人打電話給他。」

「你為什麼不早告訴我？」游穎很緊張。

「那個女人沒說什麼，我想她和大海可能只是普通朋友或者那個女人是他的客戶吧。」

「可能就是那個女人，她的聲音是怎樣的？」

「很動聽的，我好像在哪裡聽過。」

「在哪裡聽過？」游穎追問我。

「不記得了。」我說。

「是不是那個奧莉花•胡？」

「肯定不是，你懷疑是她嗎？」

「我曾經懷疑過她，但感覺上不是她，大海不喜歡這種女人的。」

「你不要懷疑大海，男人不喜歡被女人懷疑的。」

「所以他不知道我懷疑。」

「是啊！你真厲害！」我忽然想起常大海那次午飯時對我說的話，「他不但不覺得你不信任他，他還以為你一點也不緊張他呢！」

游穎苦笑：「如果我也像徐玉就好了。」

「像她？」

「愛得那麼義無反顧。」

「是的，她很可愛。」

徐玉跟宇無過的愛情，我不認為是沒有問題的，徐玉付出得太多了，如果宇無過變心，她便損失慘重。可是，游穎與常大海這一對，問題似乎更大。

「每一段愛情都是百孔千瘡的。」我說。

「你和唐文森的愛情也許是我們三個人之中最完美的了。」游穎說。

「為什麼？」

「能夠在感情最要好的時候分手，那是最好的。」

「我並不想如此。」我說。

「我以為沒有人可以做得到，你做到了。」游穎說。

「是的。每次當我後悔跟他分手，很想回到他身邊的時候，我就會安慰自己，我和他現在分手是最好的。」

我跟游穎一起坐小巴回家，司機開了收音機，我不知道是哪一個電台，正在播放一個英文流行曲節目，節目主持人的聲音很悅耳，我好像在哪裡聽過。

「就是這個聲音！」我抓住游穎的衣袖。

「是這個聲音？」游穎有點兒茫然，這一把聲音的出現，正好證實她猜想常大海有第三者的事快要水落石出。

「我以前在收音機也聽過這個聲音，她的聲音低沉得來很嗲人的。」我說。

「你肯定是她？」

這一下子我可不敢肯定，我在電話裡只聽過她的聲音一次，雖然很特別，兩個聲音也很相似，但不能說一定是她。

「是很像，但我不敢肯定。」

「司機，現在收聽的是哪一個台？」游穎問小巴司機。

「我怎麼知道？哪個台收得清楚便聽哪個台。」司機說。

游穎走上前去看看收音機的顯示。

「是哪一個台？」我問她。

游穎看看手錶，說：「現在是十時零五分，她做晚間節目的。」

「即使打電話給常大海的就是這個女人，也不代表她跟大海有什麼不尋常的關係。」我說。

「我要調查一下，我想看看這個女人是什麼模樣，你明天這個時間有空嗎？」

「你想去電台找她？」

第二天下班後，游穎來找我。

「我昨天晚上十時四十分回到家裡。」她說，「常大海正收聽那個女人主持的節目。」

「可能只是巧合。」我說。

「今天晚上我們去電台。」游穎說。

「你去那裡幹什麼？」我想搞清楚她的動機。

原來游穎只站在電台外面等那個女人出來。

「我們像在電台外面等歌星簽名的歌迷。」我說。

游穎拉我到一棵矮樹旁說：「站在這裡不怕讓人看到，萬一常大海來接她下班，也不會發現我。」

「如果你真的看到常大海來接她下班，你會怎樣做？」

「我也不知道。」游穎茫然。
「如果我是你，我不會來。」
「為什麼？」
「我害怕看到我喜歡的男人愛上另一個女人。」我說。
「她出來了！」游穎指著電台大門。
一個身材高眺，短髮，穿著一件黑色小可愛、皮外套和牛仔褲的女人從電台走出來。
「嘩！三十四C！」我一眼就看出她的胸圍尺碼，她的身材很平均，乳房是湯碗形的，是最漂亮的一種。
「三十四C。」游穎好像受到嚴重打擊。
「電台有那麼多人，不一定是她。」我說。
「你上前去問問。」游穎請求我。
那個女人正在等計程車，我硬著頭皮上前跟她說：「我是你的忠實聽眾，我很喜歡聽你的節目。」
那個女人先是有點愕然，很快便笑容滿面，她大概還沒有見過年紀這麼大還在電台門口等偶像的癡情聽眾。
「謝謝你，這麼晚你還在這裡？」

我認得她的聲音，是這把聲音了，游穎在對面等我的回覆。

一輛計程車停在我和這個女人面前。

「再見。」她登上計程車。

我的傳呼機響起來，是徐玉找我。

「怎麼樣？是不是她？」游穎從對面馬路走過來問我。

我點頭。

游穎截停一輛計程車。

「去哪裡？」我問她。

「跟蹤她。」游穎拉我上車。

我用游穎的手機打給徐玉。

「周蕊，你在哪裡？」徐玉好像很想跟我見面。

「我跟游穎一起，在計程車上。」

「我想跟你見面，我來找你們。」徐玉說。

「你不要掛掉。」我跟徐玉說。

那個女人乘坐的計程車朝尖沙咀方向駛去，在樂道一間通宵營業的便利商店前面停下。

「在樂道的7-ELEVEN等。」我跟徐玉說。

那個女人走進便利商店，付錢買了一個杯麵和一瓶啤酒，在店裡吃起來。我和游穎站在店外監視她。

突然有人在背後搭住我和游穎，嚇得我們同時尖叫，原來是徐玉。

「你怎會這麼快來到？」我驚訝。

「我就在附近。」徐玉說，「你們在這裡幹什麼？」

「噓！」我示意她不要出聲。

那個女人吃完杯麵，喝光了一瓶啤酒，從便利商店出來，我們跟蹤她，她走上附近一幢大廈，她應該是住在那裡的。

「她是什麼人？」徐玉問我們。

「常大海沒有出現啊！」我跟游穎說。

「陪我喝酒好嗎？」徐玉懇求我們。「今天是我第一天開工！」

這時我才留意到她化了很濃的妝，燙了一個野性的鬈髮，穿一件小背心和迷你裙，外披一件皮外套。

徐玉突然掩著面痛哭：「好辛苦啊！」

「我們找個地方喝酒！」游穎扶著徐玉說。

我們在附近找到一間酒吧坐下來。我很抱歉，我沒有關心徐玉，不知道她已經接拍了那支色情光碟，而且就在今天開始拍攝。

「有什麼事？」游穎問徐玉。

「是不是導演欺負你，要你做你不想做的事？」我問徐玉。

徐玉抹乾眼淚，望著我和游穎，突然一陣鼻酸似的，又伏在桌上嚎哭。

「到底發生什麼事？」游穎問徐玉。

「你知道在別人面前脫光衣服的感受嗎？而且是在幾個陌生男人的面前。」徐玉哽咽。

「我早就叫你不要拍。」我難過。

「我很快會適應的。」徐玉抹乾眼淚說。

「你以為你今天付出的，值得嗎？你將來會得到回報嗎？」我憤然問她。

「我從來沒有這麼愛過一個男人。」徐玉咬著牙說，「他的快樂就是我的快樂。」

「可是他知道你在流淚嗎？」我問徐玉。

「為什麼要讓他知道我流淚？出版社明天開張，宇無過現在跟拍檔在新辦公室裡打點一切，他終於有了自己的事業。我為什麼要讓他看到我流淚？」

我無話可說，我以為我很偉大，原來徐玉比我偉大得多，她可以為了栽培一個男人而在其他男人面前寬衣解帶，我絕對辦不到，或許不是我辦不到，而是我從來沒有遇上這樣一個「機會」去為情人犧牲。

「你們剛才為什麼跟蹤那個女人？」徐玉問我們。
我把那個女人的故事告訴徐玉。
「還沒有證據證明她是第三者啊！」徐玉拉著游穎的手安慰她。
「她是三十四C，對不對？」游穎問我。
「根據我的專業判斷，應該是這個尺碼。」我說，「常大海不會為三十四C而移情別戀吧？」
「我知道他早晚會找一個大胸女人。」
「三十四C也不是很大。」徐玉說。
「你長得比那個女人漂亮。」我跟游穎說。
「是嗎？」游穎好像完全失去自信心。
「不信的話，你問徐玉。」
徐玉點頭說：「我一直覺得你長得漂亮。」
「謝謝你們。」游穎苦笑。
「難道常大海從來沒有稱讚過你嗎？」徐玉問她。
「有。可是，無論多麼漂亮的女人，日子久了，在一個男人眼中，都會變得平凡。」
「你會回去審問常大海嗎？」徐玉問她。

「不會。」我說，「游穎連愛他也不肯說，怎肯審問他？」
「如果宇無過有第三者，我會殺了他。」徐玉咬牙切齒說。
「你是一個很怕輸的人。」我跟游穎說。
「有誰不怕輸？」游穎反問我。
「你是怕到不會讓自己有機會輸的人。」我說。
「如果常大海真的跟她一起，你會怎樣做？」徐玉問她。
「走吧！」游穎站起來，走出酒吧。
酒吧外的一片天空，淒清寂寥，徐玉為三十萬元失去尊嚴，游穎或許會失去常大海，我已經失去唐文森，為什麼擁有到最後便是失去？
回到家裡，我在床上輾轉反側。游穎從小至大都沒有改變，她是過分堅強。有時候我懷疑過分堅強也是一種軟弱。我挪開窗前那幅「雪堡的天空」，行人電梯已經停止運作，仍然有幾個人拾級而上。我時常幻想，有一天我會在這裡發現一雙熟悉的腳，那是森，森在我的窗前走過，我會立即伸手出去捉住他的一條腿，如果緣分這樣安排，我不會再放他走。我絕對不會認錯他的一雙腳，他也不會認錯我的一雙手。只是，他不大可能會在這裡經過，雖然住在干德道，他好像從來沒有走過這條行人電梯。我把「雪堡的天空」反過來，正面對著窗外，如果有一天，森碰巧走這一條路，留意到這一扇窗，他會知道住在窗內的就是我，或者他會敲一敲這一扇窗。

「今天晚上還會去電台等那個女人嗎？」我問游穎。

「你以前也是做第三者，對不對?唐文森的太太一定也像我這樣吧？」游穎說。

「我從來沒有想過她會怎樣想。」我說。

「她一定很痛恨你，第三者都是可恨的。」

我有點難堪，游穎好像將矛頭指向我。「你試試做一次第三者吧，第三者也不一定是那麼可恨的，最可恨的是天意。」我說。

「今天晚上還去不去電台？」我問她。

「當然！」她說。

那個女唱片ＤＪ的名字叫涂莉，是游穎打電話到電台查到的。

我和游穎在十時五十分到達電台門外，涂莉在十一時零五分離開電台，坐上一輛計程車，像昨天一樣，她在尖沙咀樂道的7-ELEVEN下車，在裡面吃了一點東西，然後回家。

「可能真的不是她。」我跟游穎說。

第三天晚上，游穎駕著常大海的敞篷車來接我。

「今天開車去電台嗎？」我問她。

「上車吧！」她說，「我想儘快知道真相。」

十時三十分，游穎把車停在電台外面，這一晚天氣很壞，不停下著雷雨。

「常大海不會出現吧？天氣這麼差，況且他也從來沒有在這裡出現過。」我說。

我很後悔認出涂莉的聲音，如果不是這樣，游穎不會懷疑她，找不到涂莉，游穎就不會再懷疑大海，萬一大海真的跟涂莉一起，他和游穎一定會完蛋。

十時五十分，游穎跟我說：「你坐到後面去。」

我從前座爬到後座。

「你可以躺下來嗎？」她說。

我伏在後座。

我們一直聽著涂莉主持節目，今天晚上，她播了很多首情歌，最後一首歌竟然是〈I will wait for you〉，我已經很久不敢聽這首歌了，沒想到竟然在這一刻聽到，涂莉也在等一個人嗎？無論在理智上或感情上，我都應該同情游穎，但我卻不希望涂莉被揭發，我默默祈禱她不要從這個門口離開。

最後一首歌播出後，游穎把車駛前了一點，剛好停在一棵樹下，她亮起低燈，然後把自己的衣領翻起，將一把長髮藏在外套裡面。我伏在後座，看不到電台門口的情形，也看不到手錶顯示的時間，〈I will wait for you〉播完之後，車廂裡一片死寂，過了大概十五分鐘吧，一個女人突然打開車門走上車。

「你為什麼不告訴我你會來接我？」那個女人跟游穎說。
是涂莉的聲音，她走上屬於常大海的車上，說了這樣的一句話。
涂莉很快就發現坐在司機位上的不是常大海而是一個女人。我伏在後座很尷尬，不知道應該爬起來還是繼續伏著。
「對不起！」涂莉轉身想下車。
「這麼大雨，我送你回家。」游穎踏著油門疾馳而去。
「你是誰？」涂莉問游穎。
我從後座爬起來，把涂莉嚇了一跳。
「你們想怎樣？」她顯然很害怕。
「放心，不是綁票。」游穎對她說。
游穎的行為也差不多是綁票了，她真是瘋了。
「我是常大海律師的女朋友。」游穎說。
涂莉變得沉默，似乎不再害怕。
游穎把車駛到一個僻靜的地方停下。
「開始了多久？」游穎問她。
「你應該問常大海。」涂莉等於默認了。

「到了什麼階段？」游穎問她。

涂莉笑幾聲：「什麼到了什麼階段？我和他又不是小孩子。」

「他愛你嗎？」

沒想到游穎竟然這樣問涂莉。

「我不會跟一個不愛我的男人一起。」涂莉說，「如果傷害了你，我對你說聲對不起。」

「你沒資格跟我說對不起！」游穎冷冷地說，「請你下車吧！」

「你說過送我回家的。」

「你休想！」游穎把她推出車外。

涂莉被推倒在水溝邊。

「剛才我應該蒙著面。」我說，「她去報警的話，我們要坐牢。」

游穎一邊開車一邊流淚，重逢之後，我還是第一次看到她流淚。

我用紙巾替她抹眼淚：「不要哭，你應該聽聽常大海的解釋，或許是涂莉一廂情願而已。」

「我肯定他們上過床。」游穎說。

我無話可說。

游穎送我回家。

「再見。」她跟我說。

「別做傻事！」我說。

床還沒有做好，我睡在地上，凌晨四時，游穎打電話來。

「周蕊，要你在快樂和安定的生活兩者之間選擇一樣，你會選擇哪一樣？」游穎問我。

「安定的生活也可以很快樂。」我說。

「只可以選擇一樣。」

「我已經選擇了快樂，所以我現在的生活不安定。」我苦笑。

「哦。」她應了一聲。

「你沒事吧？」我問她，「常大海怎麼說？」

「他承認了。在我回來之前，那個女人已經打電話告訴他。」

「你會走嗎？」

「不知道，七年了，七年來一直睡在我身邊的男人竟然欺騙我，我以為我會嫁給他的。」

「他怎麼說？」

「他向我求婚。」

「求婚？」

「我也會像你一樣選擇快樂。」游穎掛了線。

我不太明白她的意思，那是答應還是不答應？我躺在地上，如果安定和快樂，我是會選擇快樂的，雖然有一種快樂令人很累。

每隔幾天，我便去自動提款機查一查帳戶，知道森還是沒有拿支票去兌現，我知道他是真的愛過我。

清晨，我彷彿聽到有人敲門的聲音，我爬起來，屋外沒有人，原來不是敲門，是有人在敲窗，是森嗎？難道他看到了窗前的那一幅拼圖？我拿開拼圖，游穎蹲在天橋上。

「還沒有醒來嗎？」她笑著問我，「我買了早餐。」

游穎從大門走進來，她買了油條、糯米和豆漿。

「趁熱吃！」她說。

「你答應了他嗎？」我問她。

「我拒絕了。」游穎說。

「為什麼？你不是一直希望他向你求婚的嗎？」

「我是希望他因為愛我所以想跟我廝守終生。他現在向我求婚，是因為內疚。」

「你就不能原諒他嗎？」

游穎望著我良久，說：「不能。」

「他愛那個女人嗎？」

「我不知道，但他已經不愛我。他現在提出結婚，不過為了道義，開始籌備婚禮以後，他就會後悔，到那個時候，我們都會恨對方。我不需要施捨。」

「你不覺得可惜嗎？老實說，他條件不錯，你守了七年，白白拱手讓人，很不值啊。」

「我們現在住的那層樓，屋契上是寫兩個人的名字的，他答應把他那一半產權送給我。」

「你會接受嗎？」

「我想不到有什麼理由拒絕，我不會像你那麼慷慨，我是付出過的，七年，對一個女人來說，不是一段短日子，既然他心甘情願送給我，我為什麼不要？」

「他願意把一半產權讓給你，也是出於內疚啊！你不是說不需要施捨的嗎？」

「這不是施捨，這是我應得的。但結婚不同，以後要一同生活，一直感到自己被施捨的話，會很痛苦的。」

「你為什麼不多給他一次機會？你現在只是第一次發現他有外遇。」

游穎放下手上的一碗豆漿說：「有些人喜歡玩三盤兩勝，我喜歡一盤決勝。」

「你是我認識的最堅強的女人。」

「雖然胸圍只有三十二Ａ，但我的固執是三十六ＦＦ的。」游穎笑說。

「常大海會搬走嗎？」

「他會去找一間新屋。」游穎站起來，「我要上班了。」

不出我所料，常大海在第二天來找我。

我跟常大海相約在咖啡室見面。一向打扮整齊的他，出現時頭髮有點凌亂，外套衣領上有幾點好像紅酒的酒漬，也許他自己也不以為意。游穎似乎比他看得開。

「找到屋沒有？」我問他。

「暫時會搬去跟涂莉住，我沒錢付頭期款。」他坦白說。

「游穎知道會很傷心的。」

「是她提出分手的。」

「男人真是不負責任，是你先有第三者的啊！你現在還搬去跟那個女人一起住？」我責怪他。

「我是一個沒人愛的男人！」他沮喪地說。

「你有兩個女人，還說沒人愛？」我搖頭。

「我時常感覺不到游穎愛著我，也許她是愛我的，但是她不需要我。」常大海說。

我突然覺得好笑，常大海和游穎好像對調了性格，常大海是女人，游穎是男人。只有女人才要時刻感覺到被愛和被需要。

「她是愛你的，她很愛你。」我說，「她也需要你。」

「她從來沒有這樣說過。」

「你有嗎？你又可有說過你愛她？」我反問他。
「在前天晚上我跟她說過，她不相信。」
「太晚了。」我說。
「是的，太晚了。」常大海用雙手去揉自己的一張臉和頭髮。
「你跟那個女人的事開始了多久？」我問他。這個問題是基於好奇。
「差不多一個月吧！」

他為了一段一個月的感情而放棄了一段七年的感情，游穎知道了一定很傷心。女人的七年原來是毫無價值。

常大海在三天之後搬走，七年感情，就用三天了斷。但游穎在常大海搬走三個星期之後悄悄到法庭聽他辦案。

這是一宗感情糾紛，一對同居十四年的男女，感情破裂，兩個人在八年前合資買過一層樓，由男方付首期，屋契上則是女方為合法業主。男方在分手後要求變賣該房子，取回應得利益，女方則堅稱自己擁有產權，雙方鬧上法庭。常大海是男方的代表律師。

七年多前的一天，游穎在法庭上看到常大海雄辯滔滔，自此愛上了他。那時的常大海，也不過是一個初出茅廬強裝鎮定的小律師。七年來，她沒有再走到法庭聽他辯論。七年後的今天，她和常大海分手了，卻很想最後一次聽他辯論。

常大海並沒有發現她，游穎坐在最後一排座位，常大海跟她說過，這宗案件並沒有勝訴把握，他曾經跟對方律師商討，要求兩位當事人庭外和解，但他們不肯，硬是要將對方置之死地。

游穎看到那個男人，他穿著西裝，戴一副金絲眼鏡，一表斯文，那個女的相貌娟好，兩個人看來都是有教養的，卻為一個三百多萬的房子爭個你死我活。

法庭上只是疏疏落落坐著十幾個人，有一、兩個好像是記者，不斷在抄筆記。到常大海發言，他站起來說：

「法官大人，做為原告人的代表律師，我的心情很矛盾，一對同居十四年，曾經彼此深愛對方的情侶，竟然反目成仇。如果金錢可以換回一段十四年的愛情，我想大部分人都寧願換取感情。無論是十四年，還是十四年的一半時間，都是一段漫長的日子，要親手毀滅它實在太難了。我認為願意首先放棄共同擁有的東西的那個人是兩個人之中愛得較深的一個，只是，我的當事人和興訟人似乎都愛得太淺了……」

游穎流下她分手後的第一滴眼淚，十四年的一半時間，她從來沒有聽過常大海這麼深情的話。

法官判原告人勝訴，那層樓要拿出來賣，所得利益由原告人和興訟人均分。換句話說，是常大海勝了這一場官司。

游穎在聽到法官判決之後便離開法庭，她不想常大海知道她在法庭裡。常大海接辦這件案件是一年前的事，那時，游穎就問過他，如果有一天，同一件事情發生在他們身上，他會怎樣做。常大海笑說：「那個男人太蠢了，屋契上寫上女人的名字，我們這間屋的屋契是兩個人的名字的，大家都占百分之五十，到時每人一半，用不著爭。」

現在，他把一半產權拱手送給她。他在庭上說，願意首先放棄共同擁有的東西的那個人，是兩個人之中愛得較深的。他愛得較深又為什麼移情別戀？那是因為他得不到同等分量的愛嗎？

這一切是游穎事後告訴我的。我在她家裡陪她，常大海還有幾件衣服沒有拿走。

「說不定是他故意留下的。」我說，「那麼改天他可以找藉口回來。」

「他不會的，他已經遞了辭職信。」游穎說。

「他要辭職？」我怔住。

「因為我要辭職，所以他比我先辭職，我們不能再一起工作，我受不了。」

「常大海說，願意首先放棄共同擁有的東西的，是兩個人之中愛得較深的一個，他現在放棄了兩樣東西——這間屋、工作。」我說。

「是他先變心，現在反而好像是我無情。」

「我把屋賣掉，森又不肯收回那筆錢，我們大家都愛得深。」我滿足地躺在床上。

游穎站起來說：「我但願有勇氣首先放棄。」

有人按門鈴。

「不是常大海吧？」我說。

游穎去開門，是徐玉和宇無過。

「我送她來的，我不參加你們三個女人的聚會。」宇無過先聲明。

「先坐一會吧，如果你不介意這間屋彌漫著失戀的氣味。」游穎去倒了兩杯汽水出來。

「你的出版社做得怎樣？」我問宇無過。

「很好，已拿到幾本日本漫畫書的版權，全靠你和游穎借錢給我們。」宇無過說。

徐玉向我眨眼。

「不要緊，不要緊。」我說。

「宇無過的新書下個月出版了。」徐玉說，「他花了一星期就寫好。」

「這麼快？」我吃驚。

「這本書是寫得比較快。我約了人，我要先走了，你們慢慢談。」宇無過告辭。

「那支光碟拍完了嗎？」我問徐玉。

「昨天殺青。」她鬆一口氣。

「恭喜你。」游穎跟徐玉說。

我說不出類似「恭喜」這種字眼，她畢竟是出賣了自尊來成全她的男人。

「我找到了一份工作。」徐玉說。

「什麼工作？」我問她。

「是在模特兒公司上班的，負責招聘模特兒。我這幾年都沒有一份正正式式的工作，是時候安定下來了，做模特兒畢竟不是長遠的。」

「你好像突然成熟了。」我忍不住說。

「是啊！就是因為拍了這支光碟。」徐玉說。

「為什麼？」游穎問她。

「我突然覺得自己老了。」徐玉苦澀地笑。

雖然她不說，但拍那支光碟的過程裡，她必然失去了很多尊嚴。

宇無過最新的一本科幻小說叫做《魔鐘》，小說很受歡迎，我好幾次在地鐵車廂內也見到有人閱讀這本小說。徐玉送了一本給我，我花了一個晚上閱讀，我還是第一次可以從頭到尾看完一部科幻小說，《魔鐘》的情節的確吸引人，宇無過這一次吐氣揚眉了。

好像魔術一樣，宇無過一炮而紅，《魔鐘》不斷加印，連帶宇無過的舊書也銷量大增，有幾份雜誌訪問他，指他是新一代最有潛質的科幻小說作家。徐玉總算脫得有價值。

宇無過請我和游穎在一間中東餐廳吃飯，說是要酬謝我們，如果不是我和游穎共同借出三十萬，他就搞不成出版社，也出不成書。

出乎我意料之外，宇無過並沒有表現得太興奮，最興奮的是徐玉。

「那本書我看了十次，一次比一次好看。」徐玉說。

「我介紹了很多同事看，他們也說好看，我推銷有功啊！」游穎俏皮地說。

「什麼時候會有新書？」我問宇無過。

「還沒有想到新的題材。」宇無過說。

徐玉握著宇無過的手說：「有電影公司想把《魔鐘》拍成電影呢！」

宇無過好像還不是太興奮，也許他奮鬥得太久了，成功已不會令他突然改變，這也是好的，他至少不會因為成名而變心。

「我相信不需多久就可以把錢還給你們。」宇無過說。

「好啊！我會收下的啊！」我笑說。

游穎附和：「是啊！」

徐玉瞟了我們一眼。

如果時間安排得好一點，宇無過能夠早一點寫出《魔鐘》，徐玉也用不著脫，現在縱使有錢也買不回那支光碟。

不幸的事終於發生，宇無過無意中在一個玩電腦的新朋友的家裡，看到徐玉主演的那支光碟。他終於知道那三十萬是怎樣來的。

徐玉否認光碟裡的女主角是她，但她騙不倒宇無過，宇無過收拾行李走了。徐玉哭得呼天搶地，打電話給我說要自殺，我立即走上她的家。

「我傳呼他跟他說清楚。」我說，「你這樣做也是為了他。」

「他不會覆電話的。」徐玉哭著說。

「他會在什麼地方？會不會在出版社？我去找他。」

「我不知道。」

我打電話叫游穎來，由她照顧徐玉，我試試去出版社找宇無過。

出版社的門鎖上，我按門鈴，沒有人應門，裡面也沒有光線，宇無過可能沒有回來。我正想走的時候，聽到裡面有傳呼機響聲，一定是傳呼台追他覆機。

我大力拍門，他還是裝著聽不見。

「宇無過，我知道你在裡面的，徐玉嚷著要死，如果你是男人，請你立即開門。」

他充耳不聞，我氣得使勁地用腳踢門。

「宇無過，你出來！」

宇無過依然在裡面無動於衷。我忍不住對他破口大罵：

「你覺得自己女朋友脫光衣服拍片，令你很沒面子是不是？她為什麼要這樣做？她是為了誰？還不是因為你要三十萬元搞出版社！你知道一個女人要脫光衣服是一件多麼難堪的事嗎？如果不是因為愛情，她才不會這樣做！你這個人，自私得不得了，只顧著自己，永遠在作夢，可憐你的女人卻要不斷為你的美夢付上代價——」

宇無過依然躲在裡面不理我，我唯有走。回去見到徐玉，我不知怎樣開口，但總要回去交代。

游穎給我開門。

「找到他嗎？」游穎問我。

徐玉期待著我開口，我不知道怎樣說。

「怎麼樣？他是不是在那裡？」游穎追問我。

我點頭。

「他不會原諒我的，有多少男人可以忍受自己的女朋友做這些事。」徐玉哽咽。

「他不回來，你也不要愛他。」游穎說，「有多少個女人肯為男人做這些事？」

「對，如果他不回來，他也不值得你愛。」我說。

「我去找他。」徐玉站起來，走到浴室洗了一個臉。

「我們陪你去。」游穎說。

「不用了，我自己的事我自己解決。」

徐玉撇下我們自己出去。
她在宇無過的出版社門外站了一晚，宇無過終於開門出來，兩個人抱頭痛哭。
這是徐玉事後告訴我的。
她幸福地說這是一個考驗，讓她知道他們大家都深愛著對方。
事情沒有這麼簡單，他們經過一個考驗，還有另一個考驗，有一個人走出來公開指責宇無過的《魔鐘》是抄襲他的小說的，並申請禁制令禁止小說繼續發售。
「他不會抄襲的。」徐玉激動地說。
但那個叫麥擎天的人已聘請律師控告宇無過侵犯著作權。
我不太相信宇無過抄襲別人的小說，但事情若非是真的，那個人為什麼敢控告他？
徐玉找游穎介紹律師，游穎推薦了一個比較熟悉著作權法的律師。律師費並不便宜，《魔鐘》又不能繼續發售，宇無過哪來錢跟人打官司？難道又要徐玉脫衣？
「宇無過怎樣說？」我問她。
「他當然沒有抄襲，根本沒有這個需要。」徐玉激動地說。
「尹律師說那邊有證據證明，麥擎天去年投稿到宇無過工作的報館，小說內容跟宇無過寫的《魔鐘》幾乎一樣，只是有部分內容不同。」游穎說。
「既然是去年投稿，宇無過為什麼等到今天才抄襲？不合理。」徐玉說。

「那個麥擎天也把同一本小說拿去一間出版社，是今年年初的事，那間出版社沒打算出版，但原稿一直放在出版社，他們可以證明。那就是說，在宇無過的新書還沒出版前，麥擎天的小說已經存在。」游穎說。

「游穎，你這樣說是什麼意思！你是說宇無過抄襲？」徐玉很憤怒。

「游穎不是這個意思。」我連忙說好話。

「我是想告訴你，這宗官司宇無過不一定贏。」游穎有點尷尬。

「那我就換律師，對不起，我先走！」徐玉拂袖而去。

「你為什麼這樣說？」我責怪游穎。

「如果宇無過真的抄襲別人，那這場官司就不會贏，何必白白浪費律師費？你和我都知道這筆錢是要徐玉拿出來的。」游穎說。

我想起宇無過在美國寫給徐玉的信，提到蜂鳥。他是有才華的，為什麼要抄襲？

晚上，我去找徐玉。我本想約她出來吃飯，她說不想上街。

「宇無過呢？」我問她。

「他出去了。」

「你不要怪游穎。」我說。

「那個尹律師不應該把事情告訴她呀！我們打算換律師。」徐玉仍然沒有原諒游穎。

「宇無過怎樣說？」

「他心情壞透了。周蕊，你相信宇無過抄襲別人的作品嗎？」

我不知道怎樣回答徐玉，我認為事情不是那麼簡單。

「連你也不相信他？」徐玉很激動。

「我相信。」我不想令徐玉不高興。

「不，只有我相信他。」

「如果證實宇無過是抄襲，你會怎樣做？」

「我會離開他。」徐玉說。

「不至於這麼嚴重吧？」

「除非他現在跟我說真話。」

這時宇無過喝得醉醺醺回來。

「你為什麼喝酒？」徐玉連忙扶著他。

我幫忙把宇無過扶到沙發上，徐玉替他脫鞋。

「他從來不喝酒的。」徐玉蹲在他跟前，憐惜地撫摸他的臉。

「我去拿熱毛巾。」我說。

我走進浴室用熱水浸好一條毛巾，飛快拿著毛巾走出來，徐玉和宇無過竟然相擁在沙發上，我把毛巾放在茶几上，悄悄離開。

第二天中午，徐玉打電話給我說：「他什麼都告訴我了。能夠出來見面嗎？」她的聲音很沮喪，她要告訴我的，也許不是好消息。

下班後，徐玉和我在商場的咖啡室見面，今天的天氣很冷，天文台說只有攝氏六度，我要了一杯熱咖啡。

「冷死人了。」我脫下手套說。

徐玉的鼻子也冷得紅通通的。

「他承認他的小說是抄襲別人的。」徐玉絕望地說。

「為什麼？他應該知道這種事早晚會被人揭發的。」

「他說壓力太大，他竟然沒想過會給人揭發。」

「現在怎麼辦？」

「那是他的事了，他要賠償或要庭外和解都不關我的事，我要跟他分手。」徐玉堅決地說。

「你在這個時候離開他？」我沒想到徐玉那麼決絕。

「我說過如果證實他抄襲別人的作品，我會離開他。」

「你不必為這一個承諾而強迫自己離開他。」

「不，我可以為他死，為他出賣尊嚴，但不可以忍受他是一個騙子。」

「你說過他現在說真話的話，你會原諒他。」

「我現在改變主意了。」

「你不是很愛他的嗎？」

「我是很愛他，很相信他，相信他的才華，就為了讓他一展才華，所以我才去拍那支光碟，但今天早上，我突然發現，這一切原來是假的，他可以欺騙所有人，但不應該欺騙我。」

不久之前，她在出版社門外站了一個晚上等宇無過出來，她是那樣愛他。一夜之間，卻變成一潭死水。唯一可以解釋的，是她過去太崇拜宇無過，而這個信仰在一夕間完全崩潰，她接受不來，由極愛變成極厭惡。

「你可以陪我回去收拾東西嗎？」徐玉問我。

我陪徐玉回去她跟宇無過同住的家。

「你真的要搬走？」我在進門之前問她。

徐玉點頭，掏出鑰匙開門。

屋內只有一盞燈亮著，宇無過坐在廳中，沒精打采。

「我回來收拾東西。」徐玉逕自走入房。

我尷尬地站著，不知道應該去幫忙徐玉還是安慰宇無過。

「你去叫她不要走，她會聽你的。」我跟宇無過說。

宇無過搖頭：「沒用的。」

「你沒有試過怎麼知道？」

宇無過抬頭跟我說：「是不是很荒謬？我沒想過會給人揭發的，就好像那些服用類固醇的奧運選手那樣，竟沒想過會給人揭發，只想到勝利。我在報館工作時收到那個人的小說，看了一遍，雙手在抖顫，為什麼我寫不出？那時我沒打算抄襲他的，我去了美國，又從美國回來，再寫一本書，還是不行，偶然在抽屜裡發現那個人的小說，我想或許不會有人知道——」

「你根本用不著這樣做。」我說。

「我等得實在不耐煩了，我要成功，那本書真的成功了，比我任何一本書都成功，但我並不快樂，其實我並不想它成功，它的成功證實我失敗。」

我明白他那時為什麼對新書的成功一點也不雀躍。

「如果那本書不成功就不會有事。」宇無過苦笑，「至少徐玉不會離開我。」

「你就眼巴巴看著她走？」

「是我辜負了她，如果我知道開出版社和出版這本書的三十萬是她用那個方法賺回來的，我一定不會抄襲別人的作品。若我是她，也不會原諒我自己。」宇無過站起來。

「你要去哪裡？」

「我不能看著她走。」他自己走了。

「周蕊，你來幫幫我。」徐玉在睡房裡叫我。

我走進睡房，告訴徐玉：「他出去了。」

徐玉把幾件衣服塞進一個手提袋裡。

「你要去哪裡？」我問她。

「回家，回去我自己的家，跟我爸爸媽媽住。」

徐玉掏出一串鑰匙，放在茶几上。

「你真的想清楚？」我問她。

「他是騙子。」徐玉含淚撲在我的肩膀上。

「我知道。」我拍著她的肩膀安慰她。

「在我改變主意之前，快點離開。」她提起行李，又突然想起什麼似的，「等一會。」

徐玉走出露台，在曬衣架上摘下一個粉橙色的蕾絲胸罩，是我賣給她的。

「忘了這個。」她把胸罩塞在手提袋裡。

我送徐玉回家，她媽媽對於她突然回家感到有些意外，但她已經見怪不怪，徐玉也不是頭一次從同居的男朋友家中搬回來，只是這一次，她離開得太久了，大家沒想到她會回來。

「代我向游穎說聲對不起。」徐玉送我離開時叮囑我。

傍晚的氣溫好像比黃昏時更低，我在街上等計程車等了差不多十五分鐘，冷得渾身發抖，鼻水不斷淌下來。這種天氣，怎麼可以沒有男人？真是失敗！如果讓森抱著，一定很暖。

回到自己家裡，我匆匆弄了一碗熱騰騰的湯麵，吃了兩口，覺得味道怪怪的，原來那一包麵已經過期半年。

我聽到有人敲窗的聲音，難道是游穎？我挪開那幅拼圖，站在窗外的竟是唐文森，攝氏只有六度的氣溫下，他穿著大衣站在窗外。

事情發生得太突然了，我不知道應該打開窗還是用拼圖擋著那一扇窗。森在窗外等我的回音，我看到他給冷風吹得抖顫，不忍心要他站在窗外，我打開那一扇窗。

「我經過這裡，看到這幅拼圖，原來你真是住在這裡。」他高聲在窗外跟我說，口裡冒著白煙。

我把拼圖放在窗外，猶如把一個錢幣擲入許願泉裡，我日夕企盼的，是他偶然有一天在窗外經過，看到這一幅他為我拼的「雪堡的天空」，知道我住在裡面，然後敲我的窗，就是這樣罷了。這一刻願望成真，令人難以置信，我卻不知道應不應該讓他進來。

「我可以進來嗎？」他問我。

他瑟縮在風裡，懇求我接納他。我想他抱我的時候，他竟然真的出現。

「是二樓B座。」我告訴他。

我站在屋外等森，他上來了。

「進來坐。」我跟他說。

「你就住在這裡？地方太不像樣了。」他好像認為我受了很大委屈。

「這是我所能負擔的。」我說。

「外面很冷。」他拉著我的手。

他的手很冷，一直冷到我心裡去。

「我去倒一杯熱茶給你。」我鬆開他的手。

「謝謝你。」他說。

我們之間已經很久沒有跟對方說過「謝謝」這兩個字了，這兩個字在這一刻變得很理所當然而又陌生。

我倒了一杯熱茶給他。

「你怎會走這條天橋的？」我問他。

「我從來沒有用過這條行人電梯，今天晚上突然心血來潮，想不到……真是巧合。我看到這幅拼圖時，還以為自己在作夢。」

「你好嗎？」我問他。

「你仍然掛著這條項鍊？」他看到我脖子上的項鍊。

「不要說了！」我突然有點激動。

「你不喜歡我來嗎？」他內疚地問我。

「我好辛苦才擺脫你。」我說。

「我留給你的就只有痛苦嗎？」他難過地說。

「帶給你快樂的那個人，就是也能帶給你痛苦的人。」

他望著我不說話。

「那張支票你為什麼遲遲不拿去兌現？」我問他。

他打開錢包，拿出我寫給他的那一張支票：「這張支票我一直帶在身上，但我不會拿去兌現的，如果我這樣做，我會看不起自己。」

「那我會把這筆錢從銀行拿出來送到你面前。」

「我不會要。」

「你不要的話，我會將這兩百八十萬拿去你公司要你替我投資一支風險最高的外幣。」我賭氣說。

「我一定可以替你賺到錢。」他說。

我給他氣得發笑，他拉著我的手說：「我很掛念你。」

「是嗎？」我故意裝出一副冷漠的樣子。

「回到我身邊好嗎？」森抱著我，用他的大衣把我包裹著，我覺得很溫暖。

「不要這樣。」我推開他，「我回到你身邊又怎樣？還不是像從前一樣，偷偷摸摸地跟你見面？我不想只擁有半個人，你放過我吧。」我退到床邊。

森走上來，抱著我，吻我，把我推在床上，我很想跟他接吻，但又不想那麼輕易便回到他身邊，我緊緊閉著嘴唇，裝著一點反應都沒有。他撫摸我的胸部，我把他推開。

「不要這樣。」我站起來說。

他很沮喪。

「你走吧。」我狠心地說。

「你還愛我嗎？」他坐在床邊問我。

我的心在流淚，我故意要令他難受，誰叫他在這一刻還不肯說會離婚？只要他現在答應離婚，我會立即接受他。我要得到他整個人，過去我太遷就他了，他知道不離婚我也會跟他一起。

我想說不，但我說不出口，為了報復，我沒有回答他這個問題。

他很失望從床上站起來，沉默不語。

為什麼他還不肯說離婚？他就不肯說這句話？我不會告訴他我愛他。他明天一定會再來，明天不來，明天的明天也會來。他知道我住在這裡，他會再來的，只怕他再來的時候，我無法再拒絕他。

森站在那裡，等不到我的答案，他一聲不響地離開了。

我撲到床上，哇啦哇啦地哭起來，他還是頭一次問我愛不愛他。

我會
永遠等你

我以為人在最傷心的時候會哭，
原來最傷心的時候是不會哭的。
他走得太突然了，
我的傷心變成恨，恨他撇下我。

我整夜都在想他。

第二天，在內衣店裡，我完全提不起勁工作，我瘋狂地掛念他。他偶然在我的窗外經過，那就是緣分，我為什麼要欺騙自己？

下午，有一名自稱是綠田園職員的李小姐打電話來說：「是周蕊小姐嗎？我特地通知你，你助養的那頭小牛出生了。」

我助養的小牛？

「我沒有助養小牛。」我跟她說。

「你認識唐文森先生嗎？是他替你助養的。」

我決定去綠田園看看，地點在鶴藪。第二天早上，我坐火車去，那是一個很遙遠的地方。森為什麼會替我助養一頭牛？

到了綠田園，那位李小姐帶我參觀，那裡有很多牛，屬於我的那一頭剛剛出生的小牛正在吃奶。

「你可以為牠取一個名字。」她說。

「到底是怎麼一回事？」我問她。

「唐先生沒有告訴你嗎？新界有很多黃牛，老了沒人要，在馬路上流浪，經常給汽車撞倒，我們向農夫買了那批牛回來，讓牠們耕田。但有些牛是不會耕田的，為了飼養牠們，我們讓市民助養，牛就不用再流浪了。這個計畫推出之後，反應很好，助養黃牛要排隊，去年十月中，唐先生來申請助養一頭黃牛，由於所有牛已給人助養了，所以他要預訂母牛肚中的小牛。他說這是送給女朋友的生日禮物，十一月三日那天要帶她來看看懷孕的母牛，但那天你們沒有來，後來唐先生又打過電話來，說小牛出生的時候就通知你。」

原來森送給我的生日禮物是一頭小牛，怪不得那天他說要我去看。我對那一頭正在喝奶的小牛突然有了感情，蹲下來用手掃牠的肚子。

「還有這一塊地也是你的。」李小姐指著我面前一塊用竹竿圍起的地，「可以種菜。」

「他為什麼要送這個給我？」

「他說要送一份特別的生日禮物給你，這份生日禮物也真夠特別。這塊地很適合種瓜菜，唐先生說你們要開一間法國餐廳，自己種瓜菜不是很方便嗎？」

我為那頭小牛起名叫雪堡。

愛一個人，是你必須有一點兒恨他，恨他令你無法離開他，森就是我恨的人。

離開綠田園，天氣仍然寒冷，但陽光燦爛，我的心很暖。森真的有想過和我一起開一間餐廳的。我在火車上盤算我們該在那塊耕地上種什麼菜，可以種紅蘿蔔，那麼即使我們的餐廳還未開始營業，也可以賣給郭筍做紅蘿蔔蛋糕。

回到內衣店時是下午三時三十分，我很掛念森，我再沒有需要否認我對他的愛，終有一天，他會給我名分的，即使等不到，那又怎樣？我想告訴他，關於他的問題，我有答案了，我從前、現在、將來也愛他。

我提起勇氣傳呼他，他沒有覆電話給我，三十分鐘、一小時、兩小時都過去了，我傳呼了三次，他就是沒有覆我，辦公室的電話也沒有人接。

他為什麼不打電話給我？他是不是不再理我？他以為我不愛他。不會的，他不會的。

下班後，我回到家裡，坐在窗前，我想，或許他會突然出現。窗外越來越靜，已經是晚上十一時多了，我再一次傳呼他，他還是沒有理我。他不打算再理我了。

我整夜沒有睡過，第二天早上，他沒有打電話給我，如果傳呼機壞了，他也應該打電話到傳呼台查一查呀。

下班後，我打電話到公司找他，一個男人接電話。

「我想找唐文森先生。」我說。

「找他？」那個男人的聲音好像有點問題，「請問你是哪一位？」

「我姓周。」我說。

「周小姐嗎？我姓蔣，是唐先生的同事，我們約個地方見面好嗎？」
「到底是怎麼回事？」我覺得事情很不尋常，「是不是他出了事？」
「出來再談好嗎？在我們公司樓下的餐廳等，你什麼時候到？」姓蔣的問我。
「我五分鐘就到。」我說。
我放下電話，連忙關店，森到底發生什麼事？我聽他提過那個姓蔣的叫蔣家聰，是他的同事和好朋友。
我匆忙趕到餐廳，一個男人向我招手。
「你是周小姐嗎？」他問我。
我點頭。
「請坐。」他說。
「唐文森呢？到底是什麼事？」
他欲言又止。
「到底是什麼事？」
「阿唐他死了。」
我不大相信我聽到的話。
「他昨天午飯回來後如常地工作，到大概三點多鐘吧，我發現他伏在辦公桌上，以為他打瞌睡，到四點多鐘，我發現他仍然伏在辦公桌上，上去拍拍他，發現他昏迷了，我立即報警，救護車把他送去醫院。醫生說他患的是冠心病，這個病是突發的，事前沒有任何徵象。他在送院途中已經死亡。」

「不會的，是他叫你來騙我的，他怕我纏著他！是不是他太太派你來的？我知道他根本沒有心臟病！」我罵他。

「他是突然死亡的。」

「不可能的。」我拒絕相信。

「我也不希望是事實，但我親眼看著他被抬出去的，他被抬出去的時候，身上的傳呼機還不停地響，做我們這一行，心理壓力比誰都大，四十歲就應該退休了。」他黯然。

「我不信你！」我哭著說。

「今天報紙也有報導，可能你沒有留意吧。」

「是哪一份報紙？」

他把一份日報遞給我：「我知道你不會相信的。」

在新聞版一個不顯眼的位置，有一張照片是一個男人被救護員用擔架床抬出大廈，外匯公司高級職員工作中暴斃，死者名叫唐文森——

我流不出一滴眼淚。

「阿唐跟我提過你跟他的事，他以前說過，如果他有什麼事，要我通知你，他怕你不知道。他是個好人。」蔣家聰哽咽。

我哭不出來，我的森竟然死了，不可能的，他為什麼要這樣對我？

我看到他在窗外，他敲我的窗，在寒風中敲我的窗，只是一天前的事。他走的時候，也在我窗前經過，他是活生生地走的。

「周小姐，我送你回去好嗎？」蔣家聰問我。

「不用了！」我想站起來，卻跌在地上。

「你沒事吧？」他扶起我。

「我要回家。」

「我送你回去。」

我不知道是怎樣回到家裡的。

「這是我的名片，你有事找我。」蔣家聰放下他的名片，「要不要我替你找你的朋友來？」

我搖頭。

森死了，他臨死前跟我說的最後一句話是：「你還愛我嗎？」他期待著我說愛他，我卻冷漠地沒有回答，我想向他報復，我想他再求我，我想他答應為我離婚，我以為還有機會，以為他還會找我。我以為還有明天，明天不來，還有明天的明天……我真的痛恨自己，我為什麼對他那樣冷酷？他以為我不再愛他，他死的時候是以為我不再愛他，我太殘忍了，我為什麼不留住他？他被抬出去的時候，傳呼機不停地響，那是我，是我傳呼他。我沒有想過我們是這樣分手的。我們不可能是這樣分手的，他正要回到我身邊。

深夜，家裡的電話響起，我拿起聽筒。

「喂——是誰？」

聽筒裡沒有傳來聲音。

「是誰？」

對方沒有回答我。

「是誰？」我追問。

我覺得是森，是他在某個地方打電話給我。

「我愛你。」我對著聽筒說出我還沒有對他說的話。

那個人掛了線。

我是在作夢還是森真的從某個地方打電話給我？

我抱著電話，電話一直沒有再響過。

天亮，我打電話給蔣家聰。

「我想看看他。」我說。

「這個有點困難，屍體在殮房裡。」

我第一次聽到有人用「屍體」來形容森，是的，是「屍體」，在短短兩天之內，他變成「屍體」。

「我要見他，他昨天晚上打電話給我。」我說。

「不是吧？」他嚇了一跳。

「請你想想辦法。」我哀求他。

「他的家人準備在下星期三出殯。」

「在哪裡？」

「他太太會出席，如果你在靈堂出現的話，不太方便。」

「我要去。」我說。

「這樣吧，」姓蔣的說，「在出殯前夕，我找一個空隙，讓你見見阿唐最後一面，好嗎？」

我還有別的選擇嗎？

星期二中午，我打電話給蔣家聰。

「是不是可以安排我見一見森？」我問他。

「晚上八時，在我公司樓下等，好嗎？」他說。

我在七時十五分已經到達，我想儘快見森，我曾經在這裡等他，看著他出來，他不會再在這個地方出現了。

蔣家聰在八時正出來。

「我們找個地方坐下。」他說。

「為什麼？不是現在就去嗎？」

他沉吟了一會。

「你無法調開他太太，是不是？」

「對不起，阿唐昨天已經出殯了。」

我簡直不敢相信。

「你說是明天啊！」

「是突然提前了。」

「你為什麼不告訴我？」

「周小姐，阿唐的太太不會離開靈堂的，他的家人也會在那裡，你何必要去呢？你受不住的。」

「原來你是故意騙我！我不應該相信你！」

我平生第一次感到自己是那樣無助，我竟然無法見到他最後一面。我連這個權利都沒有，我是一個跟他睡了五年的女人！

「你為什麼要騙我？」我扯著蔣家聰的外套，我恨死他。

「周小姐，我只是不想你難過，阿唐也是這樣想吧？人都死了，見不見也是一樣，如果在靈堂發生什麼事，阿唐會走得安樂嗎？」

「他的墳墓在哪裡？我求你告訴我。」我哀求蔣家聰，他是唯一可以幫助我的人。

「他是火葬的。」他說。

「火葬？為什麼要火葬？」

他們竟然連屍體也不留給我。

「骨灰呢？他的骨灰呢？」我問蔣家聰。

「放在家裡。」蔣家聰說。

放在家裡？那我豈不是永遠也不能見到森？見不到最後一面，見不到屍體，也見不到灰燼。他就這樣灰飛煙滅，不讓我見一眼。

「對不起。」蔣家聰跟我說。

我沒有理會他，我早就不應該相信他，如果森在世，知道有人這樣欺負我，他一定會為我出頭的。

我回到以前的家。

郭筍來開門。

「周小姐，是你？你沒事吧？你的臉色很差。」

「我可以進來嗎？」

「當然可以。」

我走進屋裡，這裡的佈置和以前一樣。我和森睡過的床依然在那裡，我倒在床上，爬到他經常躺著的那一邊，企圖去感受他的餘溫。

「可以把這間屋賣給我嗎？我想住在這裡。」我說。

「這個……」

「你要賣多少錢？我可以付一個更好的價錢，求求你！」我哀求她。

「你為什麼要這樣做？」

「我後悔賣了這間屋。」

「如果你真的想這樣做，沒問題。」

「真的？」

「我想你一定有原因吧。」

「明天我去拿錢給你。今天晚上，我可以睡在這裡嗎？」

「當然可以，反正我也是一個人睡。」

第二天早上，我去銀行查查戶頭有多少錢。我的戶頭只有三百多元。那兩百八十萬呢？森兌現了那張支票？我到櫃檯查核，那張支票是昨天兌現的。

森不可能在死了之後還可以去兌現那張支票，是誰把那張支票存到他的戶頭裡？除了他太太之外，我想不到還有誰。她竟然在森死後兌現了那張支票。

「我沒錢，不能買回這層樓。」我打電話告訴郭筍。

我什麼都沒有了，除了那片地和那頭小牛雪堡。

我去綠田園探望雪堡。

「你想到要種什麼菜嗎？」那位李小姐問我。

我搖頭。

「春天就要播種了。」她說。

春天？春天好像很遙遠，我抱著雪堡，牠在森死前的一晚出生。森在牠還在母腹裡的時候把牠留給我，牠離開母腹，他卻灰飛煙滅。

我緊緊地將牠抱在懷裡，牠是森留給我的生命，是活著的，剛剛來到這世界。他在我生日那天，送我一份有生命的禮物。生和死，為什麼一下子都來到？

我身上的傳呼機響起，把雪堡嚇了一跳，是游穎和徐玉輪流傳呼我，我放下雪堡，打電話給游穎。

「發生什麼事？你這幾天不上班，又不在家，傳呼你又不覆電話，還以為你失蹤了，我們很擔心你。」游穎說。

「森死了。」我說。

「怎麼會死的？」她不敢相信。

「已經火化了，我見不到他最後一面。」

「你現在在哪裡？」

「我在鶴藪。」

「那是什麼地方？你不要走開，我立即來找你。」

我抱著雪堡坐在田邊，天黑了，我看到兩條黑影向我走來，是游穎和徐玉一先一後來到。

「這個地方很難找。」徐玉說。

「唐文森怎會死的？」游穎問我。

我伏在游穎的肩上。

我恨唐文森，他說過永遠不會離開我的，他說謊。我至今沒有流過一滴眼淚，我恨他，他說謊。

兩個星期之後，我回到內衣店上班。珍妮和安娜不知道我到底發生了什麼事，也不敢問。發生的事實在太多了。徐玉和游穎比我哭得厲害，可是我連一滴眼淚也擠不出來。游穎叫我去旅行，她說，我們三個人一起去旅行。我不想走，她們失戀，我失去的，卻永遠不會回來，我不要離開這裡，不要離開他的骨灰所在之地。

差不多關店的時候，一個女人走進來，這個女人大約三十七、八歲，身材有點胖，穿著一套黑色衣裙和一件黑色長外套，打扮得很端莊，她那一張臉塗得很白，但掩飾不了憔悴的面容。

「小姐，隨便看看。」我跟她說。

她選中了一個黑色絲質胸罩。

「是不是要試這一個？」我問她。

「你是這裡的經理嗎？」她問我。

「是的，我姓周。」我說。

「我就試這一個。」

「是什麼尺碼？」我問她。

「這個就可以了。」

「試衣間在這裡。」我帶她進試衣間。

「你們先下班吧。」我跟珍妮和安娜說。

「小姐，這個胸罩合身嗎？」我在試衣間外問她。

「你可以進來幫忙嗎？」她問我。

我走進試衣間，她身上穿著衣服，她根本沒有試過那個胸罩。

「我是唐文森太太。」她告訴我。

我想立即離開更衣室，她把門關上，用身體擋在門前。

「你就是我丈夫的女人？」她盯著我。

我望著她，如果森沒有死，我或許會害怕面對她，但森死了，我什麼都不怕。這個女人不讓我見森最後一面，我討厭她。

「我一直想知道森跟一個什麼樣的女人搞婚外情，原來只是個賣胸罩的。」她不屑地一笑。

我不打算跟她爭辯。

「森這個傻瓜，逢場作戲的女人而已，竟然拿兩百多萬給你買樓。」她搖頭嘆氣。

她怎麼會知道？

「他的戶頭裡沒有了兩百多萬，他以為我不知道嗎？我早就知道了。」她倚在門邊。

「你想怎樣？」我問她。

「幸而我在他的錢包裡發現你寫給他的支票，告訴你，是我拿去兌現的，那些錢本來就是他的，將來就是我的。」她展示勝利的微笑。

我早就猜到是她，森說他一直將支票放在錢包裡，是她在森死後搜他的錢包的。

「你知道我為什麼要將森火化嗎？」她問我。

「我不想他有墳墓，骨灰甕本來應該放在寺院裡的，我不理所有人反對，帶回家裡，並不是我不捨得他。你知道是什麼原因嗎？」她走到我面前，身體幾乎貼著我，盯著我說：「我不要讓你有機會祭拜他，他是我的丈夫，死了也是我的。」

她怨毒地向我冷笑。

「你很殘忍。」我說。

「殘忍？」她冷笑幾聲，「是誰對誰殘忍？他死了，我才可以擁有他。」

「你以為是嗎？」我反問她。

她突然脫掉上衣和裙子，身上只剩下黑色的胸罩和內褲，幾乎是赤條條的站在我面前。她的乳房很小，手臂的肌肉鬆弛，有一個明顯的小肚子，大腿很胖，她的身材一點吸引力也沒有，我沒想到森的太太擁有這種身材。

「我是不是比不上你？」她問我。

我沒有回答。

「為了你，他想和我離婚。我和他十八年了，我們是初戀情人，他追求我的時候，曾經在雨中等了我三個小時，他是愛過我的，他已經不再愛我了，都是因為你！」她扯開我的外套。

我捉住她的手，問她：「你要幹什麼？」

「你脫光衣服，你脫光了，我就把那兩百八十萬還給你！你想要的吧？」她用另一隻手扯著我的衣袖說：「我要看看你憑什麼把森吸引著，脫吧！」

我脫掉上衣、裙子和絲襪，身上只剩下白色的胸罩和內褲，站在她面前。

她看著我的胸部，說不出話來，我已經將她比下去。

「我丈夫也不過是貪戀你的身材！他想發洩罷了，他始終是個男人。」她侮辱我。

「如果只想發洩，他不會和我一起五年，他愛過你，但他臨死前是愛我的，他在死前的一天也問我愛不愛他。」我告訴她。

她突然笑起來：「可惜他看錯了人，你為了兩百八十萬就在我面前脫光衣服，你也不過喜歡他的錢罷了！好，我現在就開支票給你，就當是你這五年來陪我丈夫睡覺的費用。」她拿起手袋。

「我不打算收下這兩百八十萬，我這樣做是要懲罰你不讓我祭拜森。」我穿上衣服，「如果他可以復活的話，我寧願把他讓給你，愛一個人，不是霸占著他，他是一個很好很好的男人，可惜他不會回來了。」

她突然哇的一聲蹲在地上痛哭。

她的身體在顫抖。我突然覺得心軟，拿起她的外套，蓋在她身上。

她也是受害人。

我走出試衣間。我為什麼可以那樣堅強？如果森還在我身邊，今天所發生的一切，我一定招架不來。他不在了，沒有人會像他那樣保護我、縱容我，我知道我要堅強。

她穿好衣服從試衣間走出來，昂首挺胸，頭也不回地離開內衣店，我看著她的背影在商場的走廊上消失。

我走進更衣室，蹲在地上，收拾她遺下的一個沒有試過的胸罩。我的心很酸，雙手雙腳也酸得無法振作，眼淚不受控制地湧出來。自從森去了之後，我沒有痛痛快快地哭過一場，我以為人在最傷心的時候會哭，原來最傷心的時候是不會哭的。他走得太突然了，我的傷心變成恨，恨他撇下我，我告訴自己，或許他不是那樣愛我的，我不應該為他傷心。但，就在今天，他太太親口告訴我，他提出離婚，他的確有想過跟我一起，甚至於廝守終生。我從來不相信他，我以為他在拖延，我不相信他有勇氣離婚，我誤解了他。這個男人願意為我付出沉重的代價。如果能把他換回來，我寧願他活著而沒有那麼深愛我。

我放聲痛哭，他會聽到嗎？他會聽到我在懺悔沒有回答他的問題嗎？我剛才不應該這樣對他太太，我應該哀求她讓我看一看他的骨灰。我為什麼要逞強？他曾經戲言他太太會把他剁成肉醬，她沒有，她只是把他變成灰。他對我的愛早已化成天地間的灰塵。

每個星期天，我都去鶴藪探雪堡，牠長大了很多，已經不用吃奶，牠好像會認人了，牠認得我。

這個星期天，游穎和徐玉陪我去探牠。

「常大海回來了。」游穎告訴我。

「真的嗎？」我替游穎高興。

「他昨天晚上回來，說有幾件衣服搬走時沒有帶走，然後就賴著不走。」游穎說。

「你不想的話，怎會讓他賴著不走？」徐玉取笑她。

「他跟你說什麼？」我問游穎。

「他沒跟我說什麼，是我跟他說。」

「你跟他說？」

「我跟他說我愛他。」游穎紅著臉說。

「你竟然會說這句話？」我不敢相信。

「我是愛他的，為什麼要隱瞞？」

「常大海豈不是很感動？」我笑說。

「所以他賴著不走啦。」游穎說。

「他跟那個唱片DJ完了嗎？」徐玉問游穎。

「他說是完了。其實我也有責任，我從來沒有嘗試去了解他的內心世界。我一直以為了解他，但我不是。他愛我甚於我愛他。如果不是唐文森這件事，我也許還不肯跟大海說我愛他，原來當你愛一個人，你是應該讓他知道的，說不定有一天你會永遠失去他。」游穎說。

「是的。」我說。

「對不起，我不是要再提起這件事。」游穎說。

「不要緊，我唯一要埋怨的，是上天給我們五年，實在太短了，我願意為他蹉跎一生。」

「有這麼好的男人，我也願意。」徐玉說。

「為了他，你要好好照顧自己。」游穎跟我說。

「我可以的。」我說，「他會保護我。」

「你現在會重新考慮陳定粱嗎？」徐玉問我。

「我很久沒有見過陳定粱了，他從來不是後備。」我說。

找陳定粱來代替森，那是不可能的，沒有任何一個男人可以代替森。

就在我們討論過陳定粱的第二天下午，我在中環一個賣酒的地方碰到陳定粱。他在選購紅酒，我跟他打招呼。

「周蕊，很久沒有見面了。」他跟我說。

「真巧，在這裡碰到你。」我說。

「我們連十三萬三千二百二十五分之一的或然率都遇上了，在這裡相遇也不出奇呀！」

他還沒有忘記那十三萬三千二百二十五分之一的緣分。

「啊，是的。」我說。

「你的事情，我聽到了，很遺憾。」陳定粱跟我說。

「是徐玉告訴你的嗎？」

陳定粱點頭。

「我很愛他。」我說。

「我看得出來。」陳定粱說，「我們每一個人都給愛情折磨。」

他看到我拿著一瓶一九九〇年的紅酒。

「你也喝酒的嗎？」他問我。

「我喜歡買一九九〇年的紅酒，我和他是在這一年認識的。」我說。

自從森死後，我開始買這一個年份的酒，漸漸變成精神寄託。這一天所買的是第三瓶。

「一九九〇年是一個好年份。」陳定粱告訴我，「這一年的葡萄酒很值得收藏，是書上說的。」

「那我真是幸運。」我說。

我總共收藏了十一瓶一九九〇年的法國紅酒。陳定梁說得對，一九九〇年是一個好年份，葡萄收成很好，這個年份的紅酒不斷漲價，快貴到我買不起了，只能每個月盡量買一瓶。

在過去了的春天，我在森給我的那一塊土地上種植番茄。雪堡負責耕田，牠已經一歲了，身體壯健。我負責播種，已經收成了兩次，種出來的番茄又大又紅，我送了很多給徐玉和游穎，安娜和珍妮也分到很多。自己種的番茄好像特別好吃，常大海和游穎也嚷著要在那裡買一塊地親自種菜。

這天徐玉來找我，她說有一份東西要交給我。她用雞皮紙把那份東西牢牢包著。

「是什麼東西？」我問她。

「你拆開來看看。」她說。

我拆開雞皮紙，裡面是一個相架，相架裡有一隻類似蜜蜂的東西，但又不太像蜜蜂，牠是有腳的，一雙翅膀像寶石，是彩色的。

「這是蜂鳥的標本，你不是說過想要的嗎？」

那是很久以前的事。

「是在哪裡找到的？」

「是宇無過給我的。」

「你和他復合？」

「我和他不可能再一起了，但偶然還會見面。」徐玉說。

我仔細地看著那一隻死去多時、被製成標本的蜂鳥，牠是唯一可以倒退飛的鳥，如果往事也可以倒退就好了，森會回到我身邊，會倒退回到我的懷抱裡，給我溫暖。我們的愛就像那蜂鳥，是塵世裡唯一的。

我把蜂鳥的標本帶回家裡，並且買了第十二瓶一九九〇年的紅酒。這一天是入冬以來最冷的，只有攝氏六度。我在被窩裡聽〈I will wait for you〉，我很久不敢聽這首歌了，森死後，我第一次再聽這首歌。

「咯咯咯咯——」有人在外面敲我的窗。我挪開窗前的那一幅「雪堡的天空」，外面並沒有人。我打開窗，寒風刺骨，外面沒有人，我記得森常常跟我說「我永遠不會離開你」。他最後一次出現，也是在一個這樣寒冷的晚上，在窗外。

國家圖書館出版品預行編目資料

三個A CUP的女人 / 張小嫻著.--初版.--臺北市：皇冠. 2012.04 面；公分（皇冠叢書；第4205種）(張小嫻愛情王國；2)

ISBN◎978-957-33-1306-9（平裝）

857.7　　85004963

皇冠叢書第4205種
張小嫻愛情王國 2

三個A CUP的女人

作　者—張小嫻
發 行 人—平雲
出版發行—皇冠文化出版有限公司
台北市敦化北路120巷50號
電話◎02-27168888
郵撥帳號◎15261516號
皇冠出版社(香港)有限公司
香港上環文咸東街50號寶恒商業中心
23樓2301-3室
電話◎2529-1778　傳真◎2527-0904
責任主編—盧春旭
責任編輯—江致潔
美術設計—王瓊瑤
著作完成日期—1995年11月
初版一刷日期—1996年6月
初版十三刷日期—2012年4月

法律顧問—王惠光律師

讀者服務傳真專線◎02-27150507
電腦編號◎537002
ISBN◎978-957-33-1306-9
Printed in Taiwan
本書定價◎新台幣250元/港幣83元